민족영웅의 설화와 민요

홍범도 장군과 안중근 의사

민족영웅의 설화와 민요

홍범도 장군과 안중근 의사

김균태 감수
리룡득 엮음

역락

머리말

나는 1940년 2월 21일 중국 길림성 안도현 량병향 보광촌에서 태여났다. 안도초급중학교를 마친 뒤 가정 곤난으로 상급학교 진학을 포기하고 고향 농촌에 돌아와 농사를 지으며 글을 써왔다. 그러다가 조직의 알선으로 1960년 길림성작가협회에 가서 반년 간 학습하고 돌아와 안도현 문예공작단에 들어가 전문 연출재료창작에 종사하게 되었으며, 그 뒤에는 현 문학예술계련합회 주석직에 부임되어 부담없이 대활보적인 창작지도와 본인의 창작과 수집 사업을 펼쳐나가게 되었다.

나는 어려서부터 짬만 있으면 로인들을 찾아가 이야기를 즐겨듣고, 서점과 도서관에 붙박혀 책과 신문을 보군하였다. 이렇게 나는 오늘에 이르기까지 장장 60년 전국 각지 조선족이 거주하고 있는 18개 성시들과 수천 수만 개 마을들을 편담하면서 민간이야기들과 전설, 민요, 항일이야기 등 민속작품들을 수집하고 정리하였는 바, 그 다닌 로정은 2만 5천여 리에 달한다.

하여 75세 지금에 이르기까지 수천 편의 신문보도문을 써내였으며, 『장백산전설집』, 『조선민속이야기집』, 『조선족구전민요집』, 『속담집』, 『동물동화집』, 『소담집』 등 50여 편의 문학작품집을 출판하였고, 그 외 50여권의 중국어로 된 민간문학작품집을 조선문으로 번역출판하기도 하였었다. 하여 중국 중앙유관부문으로부터 수많은 영예를 받아 안았었다.

중국 개혁개방 30주년을 맞으며, 2008년 5월에는 "중국개혁개방문예종신성취상", 2009년 6월에는 중화인민공화국 건국 60주년을 맞으며, "건국60주년중국작가문학종신성취상" 등 묵직한 상들을 받아 안았었다.

『민족영웅 홍범도장군과 안중근의사』─오늘 선보이는 이 책은 내가 중국 각지 조선인 지역, 더욱이는 홍범도 장군 의병이 크게 활동한 연변 특히 안도현 명월구일대 로인들(이제는 전부 사망)을 찾아다니며 홍범도 장군과 안중근 의사를 찬미하는 전설, 민요들과 일제와 그 앞잡이들을 풍자, 야유, 타매하는 내용을 담은 작품들을 애써 수집 정리한 결과물이다. 그러나 나는 애당초 홍범도 장군과 안중근 의사에 대한 책을 내놓을 생각이 없었던 관계로 한시기 수집했던 그처럼 풍부 다채로운 재료에 대한 중시가 부족하였고, 더구나 10년에 거친 문화대혁명이란 정치운동으로 인해 전부 다 없애버리지 않으면 안 되였었다.

한 것은* 그 문화대혁명초기에 벌써 '잡귀신'으로 몰려 글을 쓸 권리를 박탈당하고 가택수색을 당하지 않으면 안 되였었던 때문이었다.

그런데 2015년 8월, 대한민국의 한남대학교 김균태 명예교수님과 강현모 연구원님이 직접 나의 거처를 찾아주시었고, 더욱이 김균태 교수님께서 나한테 책을 출판할 수 있는 분량의 원고를 마무리하도록 권함으로 하여, 최근 들어 많은 시간을 리용하여 불철주야 옛날의 아릿한 기억들을 떠올리면서 한 편, 두 편, 한 수, 두 수씩 다시 정리하게 되었다.

그리고 한 가지 더 부언하고 싶은 것은 이 작품집에는 사실과 전혀 맞지 않는 작품도 있을 수 있는바 이런 것들도 홍범도 장군과 안중근 의사의 애국애족과 일제에 대한 무한대의 적개심을 찬미가송한 우리 민족의 더없이 귀중한 문화유산이란 데서 구술자의 구술 그대로를 정리하여 넣었음을 밝히는 바이다.

끝으로 이 책이 여러 독자들에게 다소 자료적 가치를 제공하고 아울러 민족영웅들을 더 한층 료해하는 데 조금이라도 도움이 된다면 그 이상 더 바랄 것이 없겠다.

2016년 5월 리룡득

---

* '한 것은'은 '그렇게 한 것은'의 줄인 말로 연변에서는 가끔 쓰이고 있음.

차 례

| 안중근 의사에 관한 전설 _ 151

| 안중근 의사 가송 민요 _ 265

- 표기・표현은 홍범도 및 안중근의 설화・민요 자료집이 연변지역 말뭉치 자료로 서도 활용할 가치가 높아 엮은이의 표기・표현을 거의 그대로 수용했음.

- 본 설화집은 먼저 설화와 민요로 구분한 다음, 홍범도 장군, 안중근 의사 작품을 차례로 수록했음.

- 제보자나 채록 지역이 제시된 작품은 앞에 수록하고, 제보자가 없는 작품을 뒤에 배열했음.

- 동일 제목 또는 유사한 내용일지라도 제보자, 채록 시기 및 지역 등이 다를 경우 에는 모두 수록했음.

- 엮은이가 홍범도 장군 자료 보완을 위해 인용한 <유고문・경고문> (『홍범도 장군』, 강룡권・김석 편저, 연변 인민출판사, 1991)은 공용문서이기 때문에 참고자료로 수 록했음.

홍범도 장군에 관한 전설

🖋 정말, 백성을 위해 싸우는 어른이요

… 구술 : 서영식, 차조구 회녕촌, 1986

내가 일곱 살 때이니까 1920년 음력 1월 달이라고 기억된다.

그때 홍범도 장군은 숱한 의병들을 거느리고 두만강 남북에서 일제 놈들을 승승장구 족쳐 걸음마다 휘황한 승리를 전취하면서 마침내 우리 일가가 살던 지금의 안도현 석문구 차조구촌 회녕마을에 오게 되었다. 그들은 2~3일간 우리 마을에 와서 휴식정돈하게 되었는데 홍범도 장군은 마침내 우리 집에 들었었다.

그런 어느 날 홍범도 장군은 수하 병사들더러 우리 집 마루에다 널로 자그마한 단을 꾸리게 하는 한편, 뜨락에다 두 단의 무푸레나무 묶음을 준비하게 하고 마대 몇 개를 펴놓도록 하였다.

이윽고 총을 멘 300여 명 군인들이 그 마대를 에워싸고 쭉 둘러서게 했다.

"이 추운데 웬일인가?"

나와 마을사람들은 하도 이상하여 이 정경을 보고 섰는데 좀 있더니 마루 한가운데 좌정해 있던 홍범도 장군이 추상같이 명령을 내렸다.

"그놈 범죄자를 즉각 대령시키라!"

"예!"

대답소리와 함께 몇몇 군인들이 뒤를 꽁꽁 결박한 억대우 같은 군인 하나를 끌어내다 그 마대우에 꿇어 앉혔다.

"이놈 네 성명이 무엇이지?"

"예. 김재필이라 하옵니다."

"그래, 네 죄를 알렸다?"

"……."

"왜 말이 없는고?"

"예, 죽을죄를 지었나이다."

"이놈, 그래 네놈의 저렬한 짓으로 하여 우리군의 명예를 크게 손상시켰음을 알렸다?"

"……."

"엄벌을 면치 못하리라! 여봐라, 이놈의 볼기를 치라!"

홍범도의 추상같은 령이 떨어지기 바쁘게 한 병사가 그자를 그대로 땅바닥에 엎어놓고 다른 두 병사가 곁에 있는 무푸레나무 단에서 무푸레 회초리를 저마끔 쑥쑥 뽑아내여 볼기를 내려치기 시작했다.

그 짝짝 소리 요란했으나 그놈은 쥐죽은 듯 찍소리 한마디 못했다.

한단 무푸레 회초리가 다 달아나고, 홍범도 장군은 또 그자를 심문했다.

"그래 네가 우리 독립군에 들어온 동기가 무엇이냐?"

"……."

"일본 침략자를 내몰고 나라를 건지고 백성을 위한다는 독립군이 그래 백성들에게 우환을 끼쳤으니 이것이 과시 작은 일이냐?"

"예, 제발 잘못했습니다."

"여봐라!"

"예잇!"

"이놈이 다시는 더 잘못을 저지르지 않도록 경계하기 위함이니 한 번 더 단단히 쳐라!"

"옛!"

홍범도의 추상 같은 령을 따라 병사들은 또다시 두 번째 묶음 무푸레 회초리로 그자에게 형벌을 가하기 시작했다.

하여 마침내 그자는 그 자리에 쭉 늘어지고 말았다.

뒤미처 이자의 죄상이 열거되였는데 이자는 대오를 따라 차조구에서

북으로 15리 상거한 용흥촌 용암마을 한 집에서 유숙하다가 그 집 젊은 미모의 부인을 보자, 생색이 나서 남편이 없는 기회를 타서 완력으로 끝내 강간을 자행했던 것이다.

하여 한 시간 동안 엄벌이 가해진 뒤 모임이 끝나게 되었다.

이를 본 마을사람들은

"홍범도 장군이야말로 정말 백성을 위해 싸우는 어른이요!"

"이렇게 철 같은 규률을 가지고서야 어찌 승리하지 못할 리가 있겠소!"

라고들 찬탄하였다.

그러나 이 일이 있은 뒤 피의 교훈도 없지는 아니했다.

그해 음력 9월 22일 당시 우리 서촌에는 22호가 있었는데 일본 놈들의 불의의 대토벌을 당했던 것이다.

그날 아침 일본 놈들이 샛노랗게 몰려왔는데 전일에 강간죄로 늘어지게 얻어 맞아댄 그 재필이란 자가 앞장서 달려든 것이다.

"여긴가?"

"예, 예, 이 마을이 바로 홍범도와 내통하고 한동아리가 되었던 회녕촌이 올시다(당시 우리 마을엔 조선 회녕에서 건너온 이주민이 대다수였던 탓에 사람들은 회녕촌이라 불렀던 것이다)."

"요시!"

이에 일본 놈들은 다짜고짜 달려들어 집집에 불을 박고 다 거두어들인 곡식낟가리에도 사정없이 불을 꾹꾹 쥐여박아 질렀다. 그리고 이에 반항한 2명 촌민까지 날창으로 찔러 죽이기까지 했다.

그럼, 이는 어찌된 일인가?

후에 안 일이지만 그때 강간죄로 홍범도 장군에게 기껏 얻어맞은 지필이란 놈이 홍범도의 엄한 군사기률에 불만을 품고 기회를 노리다가 부대행군 도중 가만히 빠져나와 동불사 일본경찰서에 우리 마을 회녕촌을 물어넣었던 것이다. 하여 일제 놈들은 신출귀몰한 홍범도 부대에 대해서는 감히 손을 쓰지 못하고 애모한 적수공권의 백성마을에 뛰어들어 이런 무도한 행패를 들이댔던 것이다.

그러나 나쁜 일은 나쁘게만 끝나지 않았다.

홍범도 장군 의병부대에 며칠간의 숙식과 편지를 제공했다 하여 이런 처참한 토벌을 당한 마을 사람들은 일제와 그 주구들에 대한 뼈에 사무치는 원한을 힘으로 바꾸어 그 뒤 항일혁명군들을 적극 지지 후원해 발 벗고 나섰었다.

홍범도 장군이 강간범에게 호된 매를 안기던 곳

🔴 홍범도골

··· 구술 : 김수현

연변 도문시 장안진 소동골에 아늑하고 평퍼짐한 골짜기가 있는데 사람들은 1920년대부터 이곳을 '홍범도 장군골'이라 부르고 있다.

이곳이 홍범도 장군골로 불리게 된 데는 이런 사연이 깃들어 있다.

20세기 초 조선의 반일의병장으로 크게 이름을 떨쳤고, 조선독립군 사령관으로서 불후의 위훈을 세운 홍범도장군, 그는 1920년 6월 도문에서 서북으로 15킬로미터 떨어진 봉오동전투에서 일본 침략군 150명을 사살하고 수십 명을 부상시키고, 보총 150여 자루, 기관총 3정, 권총 여러 자루를 로획하는 휘황한 전과를 거둔 뒤, 본 활동 근거지 왕청현 대감자 부흥툰으로 떠났다.

그 뒤 그는 수백 명 부대를 연길시 의란구로 옮기기 위해 다시 떠났는데 그때 홍범도 장군은 소동골에 들려 반나절 휴식하게 되었다. 이날 그들은 방금 봉오동대첩을 거둔 뒤라 이곳에서 노루, 꿩, 산토끼 등 산짐승을 잡아 끓여놓고 아주 즐거운 점심 한 끼를 먹게 되었다. 그들은 아늑하고 평퍼짐한 골짜기에서 끼리끼리 모여앉아 점심을 먹으며 흥미진진하게 한담을 하였고 나중에는 오락판을 벌이였다.

> 동무야 잘 싸웠다 조선의 용사들
> 총 끝에 번개불이 번쩍거리며
> 악마의 왜놈들을 쳐부수면서
> 입술에 피 흘리며 너는 갔구나
>
> 고향에 돌아가면 너 자랑 충성을
> 늙으신 부모님께 전하여주마

태극기 앞에 놓고 쓰러지면서
입술에 피 흘리며 너는 갔구나

한패에서 이렇게 <독립군행진곡>을 부르면 다른 한패에서는 <승전가>를 불러 화답하였다.

백두산 상상봉에 깃발 날리고
두만강 언덕 우에 살기 넘친다
십년동안 간 칼이 번쩍이는데
금수강산 삼천리에 자유종 운다
해동해 대륙의 큰 벌판 침략자
왜군을 쳐부수는 우리들의 고함소리 들들들
번개 번쩍 말을 달려 나아갈진대
반만년 우리조국 광복되리라

홍범도골(도문시 장안진에 위치)

그들의 노래 소리는 온 골짜기에 메아리쳤다

그들은 이날 홍범도 장군의 지휘 밑에 이렇게 마음껏 휴식하고 어슬녘에야 이곳을 떠났다.

이런 일이 있은 뒤로부터 사람들은 이 소동골을 홍범도 장군골이라 부르게 되었다 한다.

🐜 개미산툰

...구술 : 김응팔, 1978

안도현 만보진 태평촌에는 개미들이 많다하여 개미산툰이라 이름한 작은 산간마을 하나가 있다.

이 마을이 이런 이름을 가지게 된 데는 홍범도 장군이 다녀간 전설이야기가 얽혀지고 있다.

민국 초년인 1912년 좌우 조선에서 기황(饑荒)을 피해 건너온 이주민 20여 호가 이 마을에 정착해 살고 있었다. 그런데 얼마 안 되여 남성들은 시름시름 앓으면서 하는 일이 몹시 힘겨워졌고, 녀성들은 손발이 저려나고 랭병이 심해졌다. 그렇다고 하여 살림형편이 몹시 어려운 그들로서는 병 치료도 할 수 없는 처경[1]이였다.

사람들은 의논 끝에 술을 빚어 산신령에게 제사를 지내기로 하였다. 산신제를 끝내고 돌아들 오는데 생면부지의 40대의 건장한 장정 한사람이 수하에 몇몇 젊은이를 데리고 지나다가 랭수 한 그릇을 청했다. 이에 마을사람들은 그를 반갑게 맞아들이고 술이며 음식을 성의껏 대접하였다. 자리가 어울리자 그 장정은 오늘 행사연을 벌이게 된 연유를 알고 나서 이렇게 말했다.

"여러분! 여러분들은 일신 치료의 좋은 명약을 두고도 모르고 있으니 저로서는 심히 안타깝습니다."

"아니, 좋은 명약이 있다니요?"

그 장정은 얼른 사람늘을 이끌고 마을 뒷산으로 갔다.

"자 이걸 보시오. 내 방금 이곳을 지나다보니 이렇게 명약 중의 명약이 가득하지 않겠습니까?"

---

1) '처지'의 연변식 표현.

"아니 이 불개미 말입니까?"

"그렇습니다. 이 불개미가 바로 강장제로는 천하 으뜸가는 명약이란 말이웨다."

"아니 어떻게 하는 말씀인가요?"

"이제 이 불개미들을 잡아다 싹 씻은 다음 끓는 물에 데쳐 말리워 가루를 내여 먹거나 술에 담가 먹고 꿀에 재워 먹게 되면 모든 병이 싹 가셔지고 회천지력의 장사 힘이 솟구칠 것인 바 이렇게 되면 필시 땅을 파다가 금을 얻게 되는 굴지득금의 효과를 보게 될 것입니다."

"아, 그렇구만요. 그런데 당신은 도대체 누구신데요?"

"허, 저야 그저 볼일이 있어 사처로 뛰어다니는 홍범도란 사람이랍니다."

"아, 홍범도?!"

그제야 사람들은 이 장정이야말로 나라 구하기 위하여 침략자 왜놈들을 족쳐 동에 번쩍 서에 번쩍하는 독립군 대장이란 것을 깨닫게 되었다.

이에 사람들이 그이의 말대로 불개미로 약을 만들어 먹었더니 아닌 게 아니라 저마다 건강을 되찾게 되고, 그래서 한결 쉽게 농사일을 하게 되었다고 한다.

이로부터 그들은 이 산골마을이 개미가 하도 많은 곳이라 하여 개미산툰이라 부르게 되었는데 그 이름이 오래도록 전해 내려오게 되었다고 한다.

● 움집 하나뿐인 장씨마을
… 구술 : 박봉선(사망), 돈화시 액목진, 1990

항일투쟁의 간고한 나날, 돈화시 액목의 서북쪽 험산준령 속에 움집 하나가 있었는데 사람들은 그 움집 하나를 장씨마을이란 큰 이름을 붙여 놓았으니 여기에는 눈물겨운 사연 하나가 있었다.

그 어느 때인가 홍범도 장군 수하의 리 씨 성을 가진 의병대 전사가 일본토벌대 놈들과 싸우다가 다리에 중상을 입었었다. 헌데 이때 독립군 대부대는 급행군으로 딴 곳으로 전이해야 했기에 부상병을 데리고 갈 수가 없어서 중국말을 할 줄 아는 박 씨 병사를 남겨서 리 씨를 간호하게 하였다.

박 씨는 리 씨를 업고 힘겹게 오솔길을 오르다가 우묵하게 들어간 바위 밑에 피뜩 봐서는 알아볼 수 없는 움집 하나가 있는 것을 발견하였다. 알아보니 이 움집 주인은 20여 년 전에 전란을 피해 산동에서 피난 온 장 씨란 홀아비였다. 박 씨에게서 사연을 듣고 난 장 로인은,

"아, 알구보니 왜놈을 족쳐 그렇듯 훌륭하게 싸우시는 홍범도 장군님의 병사들이시구만!"

하면서 화전을 뚜져 심어 가꾼 잘 영근 감자를 푸짐히 삶아 내놓았다.

그리고 이튿날엔 덫을 놓아 잡은 짐승의 털가죽 몇 장을 들고 액목으로 가서 상처에 좋다는 고약까지 사왔다. 때는 삼복염천이라 리 씨의 상한 다리는 염증이 와서 벌겋게 퉁퉁 부어올랐다. 장 씨 로인은 산에 가서 늘 약초를 캐여다 상처에 찜질해 주었다. 부은 것이 내리자, 장 씨 로인은 검정고약을 상처에 붙여주군 하였다.

환자가 빨리 낫게 하자면 좁쌀이나 입쌀로 된 미음이 필요했다. 하여 로인은 여러 해 동안 감추어 두었던 약담배를 현성으로 가지고 가서 팔

아 쌀 한주머니를 사오게 되었다. 그 사이 두 전사는 나무 재로 재물을 만들어 장 로인의 이불, 옷견지들을 깨끗이 씻어놓고 여러 해 동안 뜯지 않은 온돌도 다시 고쳐 놓았다.

그날 저녁 식사를 마치자 그들은 화기애애한 한담이 펼쳐졌는데 독립군 전사들이 이곳 이름이 뭔가 하고 묻자, 장 로인은 홀로 사는 움막에 마을이름이 당한가고 하며 웃었다. 하지만 독립군 전사들이 장 로인께서 이 집을 지었고, 또 힘써 개척한 곳이니 장씨마을이라 이름하는 것이 옳다고 우기였다.

그로부터 한 달 뒤 리 씨 의병군의 상처가 완쾌되자, 그들은 부대로 찾아가려 하자, 장 로인이 일찌감치 사놓았던 헝겊신을 내놓았다.

이듬해 늦가을, 부대를 따라 또다시 액목 일대 일본 놈들이 쳐들어 오게 되어 그들 두 전사는 장씨마을로 찾아왔다. 그러나 장 로인이 살던 움막은 잿더미로 변해 있었다. 사람들의 말에 의하면 장 로인이 홍범도 의병대 두 전사를 구해준 것이 끝내 의심을 받아 왜놈들에게 잡혀가 심문을 받게 되었는데 장 로인은 갖은 악형을 받았으나, 끝내 토설하지 않아 돌아갔다는 것이었다.

이렇게 장 씨 로인은 돌아갔으나 홍범도 의병대의 전사들 가슴속에는 그 장씨마을이 영원히 자리 잡게 되었다고 한다.

✹ 홍범도 엽전골

··· 구술 : 최금녀

1920년 8월에 있었던 일이다.

안도현 량병향 구일라지 부락에 사는 최금녀, 리성렬네 부부가 부르하통하 강 건너 큰 골안으로 수레를 몰고 떡호박을 따러 갔다.

밭머리에다 수레를 세워놓고 그들 부부가 한창 호박을 따나가는데 저쪽 앞에 난데없는 나무꼬챙이가 꽂혀져 있고, 그 웃끝에는 무엇인가 꽁꽁 싸 꽁쳐놓은 것 같은 헝겊뭉치가 대롱 달려 있지 않겠는가? "아니 이게 뭐요?" 최금녀는 얼른 그것을 뚝 따서 꽁꽁 싼 헝겊을 풀었다.

그랬더니 글쪽지와 엽전 열 잎이 들어 있었다. 글쪽지를 펼쳐 보았으나 워낙 조선 길주와 무산에서 농사짓다 개척민으로 이곳에 온 문맹인 그들로서는 그 글의 의미를 전혀 알 수가 없었다. 하여 그들은 그날 저녁 이 돈과 글쪽지를 마을의 이웃 글깨나 아는 사람에게 가져다 보였다.

"떡호박밭 주인님, 우리는 잠시 둔치고 있던 명월구 근거지를 떠나 내두산 쪽으로 떠나가는 대한독립군 사령 홍범도 수하의 선발대 의병들입니다. 이 골안을 지나다가 호박밭을 보게 되자, 사발덩이 만한 호박 다섯 개를 따갑니다. 그 값으로 엽전 열 잎을 두고 가니 받아 주십시오."

"아아, 그런 일이였구만!"

"세상에 이런 군대도 다 있구만!"

"떡호박 하나에 기껏해야 1전인데 다섯 개를 따가며 일 원 돈이나 두고 가다니……."

이 일로 온 마을이 버쩍 들끓었다.

"세상 이런 훌륭한 구국군들이니 어찌 일본 놈들을 깡그리 몰살하지 못할 리가 있겠소!"

"옳소! 그러니 우리 저 큰 골안을 홍범도 엽전골이라 부르기요!"

이리하여 이 마을 앞 큰 골안이 한시기 홍범도 엽전골로 불리우게 되었다.

🐾 노루잡이에 깃든 이야기

··· 구술 : 오상인

길림성 화전시 이도전자진에 위치해 있는 함장골에는 사슴잡이로 소문난 한인 로인 한 사람이 살고 있었다.

그는 생계를 유지하기 위하여 며칠에 한 번씩 골안에 들어가 헤매면서 활과 창으로 아주 힘들게 사슴을 잡군 하였다. 그런 어느 하루, 그가 사슴잡이로 산골로 들어가게 되었는데 눈이 부리부리하고 동탕한 체격에 음성이 남달리 드높은 장정 한 사람이 지나다 보고 물었다.

"저 포수님, 포수님은 하루에 사슴 몇 마리나 잡습니까?"

"허, 하루에 몇 마리라니요. 열흘에 한 마리도 잡으나마나 한데요."

"그렇게 짐승잡이가 힘듭니까?"

"총이 없이 활로 잡다보니 여간 힘들지 않수다."

"저… 그럼 내가 시키는 대로 해보시지요."

"저, 어떻게요?"

그러자 그 장정은 그 로인에게 손쉽게 사슴을 잡는 방법을 자상히 알려주고 떠나갔다.

그 이튿날 그 포수 로인은 그 장정이 가르쳐준 대로 먼저 큰 함정을 파고 그 위를 나뭇가지와 나뭇잎으로 가리운 뒤 그 위에 사온 소금을 다분히 살살 뿌려놓았다. 그런 다음 숲에 숨어 지키는데 그로부터 얼마 안 되여 과연 짭짤한 것을 핥아먹기 좋아하는 사슴들은 소금을 보자 무작정 덮쳐들다가 함정에 빠지군 하였다.

이로부터 그 포수 로인은 손쉽게 많은 산짐승을 잡아 잘 살아가게 되었다고 한다.

그럼, 그 방법을 알려준 장정은 누구였을까?

그 썩 뒤에야 사람들은 그가 다름 아닌 이름난 조선독립군 사령관인 홍범도 장군이란 것을 알게 되었다고 한다.

🎯 아이고 끝내 목숨 떼우게 됐구나!

··· 구술 : 리원명, 안도현 석문구 차조촌

홍범도 장군이 갓 명월구에서 "대한독립군"을 건립한 1919년 봄 어느 날이였다. 홍범도 장군은 명월구에서 동으로 30리 상거한 일본 경찰분주소를 소멸하기 위하여 그 구체 정황 파악으로 수하의 군인 두 사람을 파견해 내려 보내게 되었다. 그들 두 군인은 직접 차조구로 들어가지 않고, 차조구에서 남으로 5리 떨어진 대성마을로 내려갔다. 그들은 산길을 다그쳐 가다보니 먼저 부락장네 집부터 찾아들었다.

"저 지나가던 길손인데 랭수 한 사발 얻어 마실가 해서 들렸습니다."

"방금 길어온 샘물이 있으니 어서 구들에 올라오십시오."

그들이 샘물을 마시자, 그 나이 젊은 주인은 어느 사이엔가 그들 허리춤에 권총 한 자루씩 있는 것을 보아내고,

"보아하니 그저 례사로운 분들 같지 않은데 혹시나 홍범도 장군 부대의 분들이 아니신지?"

하고 물었다.

"아, 아닙니다."

"만약 옳다면 고생들이 막심하겠는데 밥 한 끼라도 대접하고 싶어 그럽니다."

그는 두 대원의 대답도 기다리지 않고 녀편네더러 밥을 짓게 하는 한

편 급급히 차조 쪽으로 내달 아가는 것이였다.

"아니 주인님은 어디로 가십니까?"

"반찬거리가 없어서 내 얼른 가서 고기붙이나 사올가 해서요."

주인의 너무나도 과분한 언행에서 의심이 든 그들 두 대원은 얼은 그를 막고 함께 집으로 들어왔다.

"솔직히 말하시오. 그래 차조구 왜놈 경찰분주소로 가려 했지요?"

"예? 아니, 아닙니다!"

"그래 솔직히 말하지 못하겠소?"

그제야 주인이 깜짝 놀라 낯색이 새파래지며 벌벌 떨었다.

"아이고 오늘 끝내 목숨을 떼우게 됐구나!"

이에 두 대원은 왜 하필 조선 사람으로 생겨 왜놈의 밀정질을 하느냐고 설복하는 한편, 목숨을 떼우지 않겠거든 차조구 왜놈 경찰분주소 정황을 그대로 불라고 했다. 이에 그자는 벌벌 떨며 그대로 미주알고주알 불 수밖에 없었다. 하여 홍범도 장군은 소수의 병력을 차조로 파견해 왜놈 경찰분주소를 요정[2]내 버렸다고 한다.

☀ 방구에 놀라 내뛰다가 뒤여진 토벌대놈들
··· 구술 : 전남석

1919년 봄 어느 날이였다.

길림성 안도현 명월구에서 대한독립군을 창설하고 그 사령관으로 추대된 홍범도 장군은 그해 8월 혜산진 일본수비대를 습격하기 위하여 떠

---

2) '요절'의 연변식 표현.

나기 전 세 명의 전사를 데리고 천보산골 어느 작은 마을 김 씨네 댁에 들리게 되었다.

그런데 이를 눈치 챈 왜놈토벌대 열 놈이 이 마을에 들이닥쳤다. 몇 집을 수색하며 다니던 이자들은 드디어 김 씨네 집에 이르자 방금 홍범도 부대 비적 놈들이 들어온 일이 없는가 윽박질러 물었다.

우리 집엔 온 사람이라곤 없다고 하자, 그놈들은 시장하니 당장 술을 떠오고 닭을 잡아내라고 윽박질렀다.

김 씨는 방법이 없이 닭을 잡고 술을 떠다 먹이자, 그놈들은 배부르고 취해서 곤드라졌다. 벌써 몇 놈은 토벌이고 뭐고 드르렁드르렁 코까지 곯아댔다.

이때 이 며칠 새, 속이 트직해[3] 배를 앓고 있던 김 씨 주인이 그만 뽕뽕 하고 줄 방구를 뀌었다.

그러자 그만 두 놈이 놀라 화다닥 일어났다.

"오이 오이 기다죠, 기다죠!(야야 왔다 왔어!)"

"뭐 홍범도 비적이 왔다구?"

"그래 그래, 어서 내빼자!"

놈들은 허둥지둥 어둠 속으로 날 살려라고 내뛰었다.

그러자 바로 뒤 방에 은신하고 있던 홍범도 장군네가 맹호같이 놈들의 뒤를 쫓아나갔다. 그로부터 얼마 뒤 자지라진 총소리가 났다.

다음날 아침 김 씨가 나가보니 집에서 얼마 안 떨어진 길가에 왜놈들의 시체 열이나 나뒹굴고 있었다.

---

3) '거북해'의 연변식 표현.

오늘의 명월구

◆ 감동되여 큰 아들을 독립군에 보내다

··· 구술 : 채만규, 1986 여름

1919년 봄, 안도현 명월구에서 대한독립군을 세운 홍범도 장군은 사령관으로 추대되었다.

그해 8월 200여 명의 정예대오를 이끌고 조선 혜산의 일본군 수비대를 습격하고저 나가던 길에 홍범도 장군은 볼일이 생겨 수하 보위원 한 명만 거느린 채 안도현 영경향 소사하촌의 한 씨란 녀인네 집에 들게 되었다. 그때 이 어머니는 슬하에 두 숙성한 아들을 데리고 있었는데 식량이 떨어진지 며칠이 되어 사흘 동안이나 굶고 있었다. 이 정황을 알게 된 홍범도 장군은 즉시 자기들이 갖고 온 쌀로 밥을 듬뿍 지어주고 밀가루 한 포대까지 내놓았다. 이에 크게 감동된 한 씨 녀인은 자기의 두 아들을 홍범도부대에 보내려 했다.

그런데 두 아들은 홀로 계시는 환갑이 넘은 년로한 어머니 때문에 싸우다시피 하며 쟁론을 벌렸다.

"일없다. 내 걱정은 말고 어서 이 장군님을 따라 구국싸움에 나서거라! 이런 훌륭한 장군님께로 내보낸다면 나는 아주 안심하고 잘 지내가겠다!"

이에 홍범도 장군은

"어머니의 말씀은 몹시 감사하나, 어찌 아들 둘을 다 떠나보내겠습니까? 그러니 한 분 아들만 우리 반갑게 받아들이겠습니다."

하여 그 이튿날 큰 아들이 대한독립군의 일원으로 되어 그로부터 영용히 잘 싸웠고, 작은 아들은 집에서 어머니를 잘 돌보면서 비밀리에 형님네 부대를 힘껏 도와주었다고 한다.

☀ 위로의 소를 못 잡게 하다
… 구술 : 김수현

1920년 8월 초순, 독립군 부대를 이끌고 연길현 의란구에서 명월구를 향해 오던 홍범도 장군은 오는 도중 로투구 석탄령에서 룡정 일본총령사관 경찰서 고등계 형사부장 쯔바이가 지휘하는 기병수색대 22명(총 28명)을 죽여 버리고 드디어 명월구에 이르게 되었다.

그해 9월 명월구의 한인(韓人)들은 그간 홍범도 독립부대의 언행에 깊이 감동된 나머지 그들이 명월구를 떠나 내두산 쪽으로 떠난다는 소문을 듣고 돈을 모아 큰 황소 한 마리를 사다 잡아 대접하기로 하였다.

이 일을 알게 된 홍범도 장군이 발했다.

"여러분, 그간 여러분들께 진 신세만 해도 이만저만이 아닌데 괜히 더 그러지 마십시오. 우리가 일단 이곳을 떠나게 되면 일본 침략자 놈들의 행패가 이만저만이 아닐 테니 절대 그러지 마십시오."

앞일을 손금같이 들여다보는 홍범도 장군의 간곡한 말에 주민들은 그 계획을 접지 않을 수 없었다.

하긴 이 때문에 홍범도 장군의 독립군 부대가 떠났어도 일제 놈들은 그 어떤 끈덕지를 잡지 못하여 당지 백성들을 더 발광적으로 탄압하고 략탈하지 못하였다고 한다.

● 벙어리툰 이야기 1
… 구술 : 한기룡 외

길림성 안도현 석문진에서 동북부로 20리쯤 가게 되면 벙어리툰이란 괴상한 지명을 단 마을이 있다.

이 마을을 벙어리툰이라 부르게 된 데는 여러 가지 전설이 전해져 내려오고 있는데 그중에서도 반일의병장 홍범도 장군과 련관된 전설을 펼쳐 보인다면 이러하다.

그 어느 때인가 이 마을에 일찍 부모를 여읜 조선족 벙어리청년 하나가 있었는데 그는 그 마을에 있는 마음 고약한 큰 부자네 집에서 옹근 5년 동안 머슴살이를 했다. 헌데 그 부자는 처음 약조와는 달리 그저 대충 먹여주고 뼈 빠지게 부려먹고서는 품삯 한 푼 내주지 않았다.

이때 그는 그 누구를 통해 어떻게 알았는지 절세의 반일구국명장 홍범도가 마을에 잠시 들렸다는 것을 알게 되었다. 이에 그는 소송장을 써가지고 홍범도 장군을 찾아가려 했으나, 그 후과가 무서워 그 누구든 써주지 않으므로 혼자 큰마음을 도사려 먹고 홍 장군을 찾아갔다. 그는 홍 장군을 만나자 이 억울한 사연을 갖은 시늉을 다해가며 호소했다.

홍 장군은 그의 표정을 통해 그 억울한 사연을 알게 되자 마을의 몇몇 무던한 장년들을 찾아 실정을 료해한 뒤 곧 수하일군을 시켜 그 부자를 꽁꽁 결박해 대령시키게 했다.

"네 이놈! 넌 이 벙어리소년을 5년 동안이나 우마처럼 부려먹고도 삯전 한 푼 안 주었다지?"

"아니 전 해마다 어김없이 내주었는데요."

그러자 홍범도 장군은 자기에게 실정을 제공해 주었던 그 마을 몇몇 장정들을 불러다 대질시켰다. 사실이 들어나자 부자는 련해련방 머리를 조아리며 벙어리소년의 5년 삯전을 일 전 한 푼 굻지 않게 지불하겠노라고 빌고 빌었다.

바로 이런 일이 있은 뒤로부터 이 고장을 소년벙어리가 살고 있다는 데서 벙어리툰이라 부르게 되었다고 한다.

✸ 벙어리툰 이야기 2
··· 구술 : 서영찬 · 한기룡, 1969.11

안도현 석문구에서 동북쪽으로 20리 쯤 가게 되면 벙어리툰이라 부르는 마을 하나가 있으니, 이 마을을 이렇게 부르게 된 데는 이런 유래 사연이 깃들어 있다.

지난 세기 20년대 어느 해 가을, 이 마을에 전신무장한 군대들이 잠시 와서 주둔해 있게 되었다. 이 일을 알게 된 20대가 채 못 된 남성 벙어리가 그 대장이란 사람을 찾아와 연신 다섯 손가락을 굽혀 보이며, "어, 어…" 하고 그 무엇인가 손시늉질로 자신의 비감한 처경을 애써 설명하고, 마을 한가운데 있는 고래등 집 같은 기와집을 가리키며 우는데 커다란 두 눈에서는 대줄기 같은 눈물이 줄줄 흘러내리는 것이었다.

50대의 그 대장이란 사람이 보아하니 그가 5년 동안 이 마을 큰 부자집 머슴질로 뼈 빠지게 일해오건만 부자는 그가 말 못하는 벙어리라고 삯전 한 푼 안 주었다는 공소였다. 그리고 마을의 글깨나 아는 사람들을 찾아 소송장이라고 씌워 당시 관가에 가서 고소하려 했으나, 사람마다 그 부자의 세력이 무서워 아무도 써주지 않아 이렇게 억울함만 당하고 있다는 시늉을 하는데 그의 손은 실로 험한 일을 너무한 탓에 성한 데라곤 한군데도 없었다.

그 정황을 미주알고주알 장악한 50대의 대장은 잘 타일러 벙어리를 돌려보낸 뒤 다시 마을의 나이 지극한 로농(老農) 몇을 불러 정황을 세세히 알아보았더니 과연 그 벙어리의 억울한 공소가 추호 틀림이 없었다.

그 이튿날 오후 그 벙어리소년에게 삯전 한 푼을 안주고 우마처럼 부려먹은 부자를 호출했다. 이때 군인들에게 호위되어 온 벙어리소년은 방금 결박되어 온 부자를 보자 여간 놀래마지 않았다. 이때 그 군대 대장이란 사람이 그 부자를 끌어 앉힌 다음 추상같이 호통을 쳤다.

"너 이놈, 넌 이 벙어리소년이 혈혈단신 부모형제, 친척마저도 없고, 그 누구와 말 한마디 할 줄 모른다는 데서 한두 해도 아닌 온군 5년 동안이나 삯전 한 푼 안 주었다니 세상 이런 무도 불촉한 짓이 어디 있단 말이냐!"

"아, 아니, 전, 해마다 어김없이 삯전을 내주었는데요."

"무엇이 어찌고 어째? 그래 또 오늘 우리 앞에서 거짓말을 할 텐가?"

이렇게 다시 호통질하고 난 그 대장이란 사람은 즉시 마을의 로농 몇 분을 불러들이도록 했다. 이렇게 되어 모든 죄악사실이 들어나자 그 부자는 련신 머리를 조아리며 벙어리소년에게 주어야 할 5년 동안의 삯전을 당장 내주겠노라 손이야 발이야 빌고 빌었다.

"자, 그럼 이 자리로 당장 돈을 가져오렸다. 한 푼 곯아도 네 목숨이 위태할 줄 알지어다!"

"예, 예."

그 부자가 엽전, 동전 한 푼 곯지 않게 삯전을 가져오자, 그 어른은 또 호통쳤다.

"금후 일본 놈이거나 그 개다리를 시켜 그 어떤 보복행동이 있게 되면 아무 때건 우리에 의해 불귀의 객이 될 줄 명심할지어다!"

"예, 예, 그 말씀 명심하겠나이다."

바로 이런 일이 있은 뒤로부터 그 마을에 들렸던 무장한 군인들이 바로 자기의 억울한 사정을 풀어줄 사람이라고 믿어 제때에 찾아가 공소한 이 령리하고 총명한 소년벙어리가 살고 있다는 데서 이 마을을 벙어리툰(啞巴屯)이라 부르게 되었다고 한다.

그럼, 그 50대의 대장은 누구였을까?

그이가 바로 홍범도 의병대장이었다고 한다. 그런데 1945년 "8·15" 해방 후 정부에서는 그 마을을 동흥(東興)툰이라 이름 지어주었지만, 사람들은 지금까지도 여전히 벙어리툰이라 불러주고 있다 한다.

한 총각 의병대의 이야기
··· 구술 : 김수현

홍범도 장군의 의병대에 들 목적으로 덜먹총각 하나가 장군을 찾아가다가 날이 저물자 흑룡강성 녕안현의 한 집에 들게 되었다.

집 주인인 젊은 녀인은 총각이 집 떠난 사연의 말을 듣자, 밥상을 푸짐히 차려주고 정지간으로 내려갔다. 식곤증이 든 총각은 제 정신없이 자다가 밤중에 요란한 물소리가 나기에 깨여났다. 물소리를 들어보니 틀림없는 몸을 씻는 소리였다. 총각은 호기심이 나서 살그미 미닫이문을 빼써 열고 보니, 집의 젊은 녀인이 알몸으로 나무함지에 들어앉아 목욕을 하는데 그 몸매가 황홀하기 그지없었다.

"아하, 차마 못 볼 것을 보았구나."

총각은 가슴이 울렁거려 참을 수가 없었다.

소리를 내지 않으려고 이를 악물었으나 종당에는 "아이구 아이구 우후후후" 하고 신음소리를 내고 말았다. 그 소리에 깜짝 놀란 녀인이 웃방으로 달려와 보니 총각은 바지 앞섶을 움켜쥐고 대굴대굴 구르고 있었다.

아하, 이 총각이 갑자기 죽기라도 하면 어쩐다? 더구나 홍범도 장군 의병대에 가입하려 떠난 대장부임에야. 녀인이 의원을 모셔 오겠다고 하자, 총각은 그녀의 손목을 덥석 잡으며 "저를 좀 살려주십시오. 제발 빕니다." 했다.

'들어 아는 일인데 이런 병엔 약도 의원도 쓸데없는 일, 그렇다면 내가 이 총각께 몸을 허락한다면 어떻게 되는가? 총각의 목숨과 나의 정절, 어느 쪽을 택해야 하는가?'

드디어 녀인은 드넓은 아량으로 총각을 받아주기로 했다. 한동안이 지나자 죽는다던 총각의 병은 가뭇없이 가신듯 부신 듯 대뜸 나아졌다. 총각은 곧바로 홍범도 장군을 찾아갔다. 그러자 총각은 홍 장군에게 자기의 지난밤 일을 솔직히 툭 털어 놓았다.

"뭣이? 네놈의 그런 허랑방탕 못된 풍기를 가지고 독립군에 들어와?!"

"아니 제발 빕니다. 내 다시는 그따위 행실이 없겠으니 그 죄과를 뭉때리는 기풍으로 일제침략자를 쳐부수겠습니다."

한참 생각하던 홍범도 장군은 "네 그 맹세가 정말이라면 어서 그 녀인을 찾아가 참회하고 오너라!"

그러면서 홍 장군은 그 녀인의 남편되는 사람을 만나면 여사여사 하라는 계책까지 대주었다.

"예. 알겠나이다."

총각은 얼른 두 주먹을 부르쥐고 녀인을 찾아갔다. 그런데 집이 비여 있었다. 사람들에게 물으니 그 녀인은 웃동네 아무 부자집 령감의 작은 소실인데 방금 가마에 앉아 떠나갔다는 것이었다. 그는 다시 불나게 이웃 마을 큰 부자네 집을 찾아갔다. 그때 마침 그 녀인이 가마에서 내렸다.

"앗!"

총각이 소리치자 그 녀인도 역시 깜짝 놀라 "어—"하고 소리를 냈다.

이때 소실을 맞던 부자 령감이 그들의 놀라고 어색해하는 거동을 보고 총각한테 웬일이냐고 물었다. 이에 총각은 쓸쓸해서 홍범도 장군이 가만히 일러주던 그대로 어느 날 밤 그 녀인한테 들려 겪었던 일을 빠짐없이 일장설화하고 나서,

"아 글쎄 깨고 보니 허황한 꿈이 아니겠습니까? 그래서 꿈에나마 부자집 작은 마님께 천고부정한 흑심을 지녔던 일을 사과드리려 이렇게 달려 오는 길이옵니다."라고 했다. 그러자 옆에 섰던 녀인도 안도의 숨을 몰아 쉬며, "아이 그런 꿈에 있었던 일을 다 사과하려고 달려오다니요."

하였고, 그 부자 령감 또한, "음, 그런 일인 걸 내 공연히 오해를 했구먼!"라고 했다.

그 뒤 이 총각은 홍범도 의병대에서 아주 훌륭하게 일본 놈을 족치는 으뜸가는 맹장이 되었다고 한다.

☞ 이건 비적 놈들의 시체란 말이야!
··· 구술 : 화룡현 주민 전남석 로인, 1978 여름

1920년 10월 22일, 화룡현 청산리 전투에서 홍범도 장군은 김좌진 북로군정서 주력부대와 협력하여 아즈마 소장이 직접 지휘하는 일본군 주력부대와 격전하여 천여 명의 적군을 살상하는 큰 승리를 취득하였다.

하여 일제 놈들은 그 며칠 뒤 이 전투에서 죽은 저희들 수백 명 토벌군의 시체를 마차에 싣고 깊숙한 골짜기 어디론가 파묻으러 가고 있었다. 이 깨고소한 정황을 본 당지 마을의 몇몇 로인들이 모르는 척하고 물었다.

"황군 나으리님들, 그 풍을 덮고 싣어가는 것이 무엇입니까요?"

"오, 이건 모두 모두 청산리 토벌에서 죽인 홍범도, 김좌진 토비 놈들의 시체야!"

"아니 우리가 듣기로는 그번 전투에서 수백 명 황군 나으리들이 영용히 희생되었다고들 하던데요?"

"무엇이? 그래 우리 천황 페하의 대일본제국 군인들이야말로 백전백승, 승승장구의 무사들인데 그따위 토비들에게 이렇게 많이 희생될 수 있어? 그건 모두 말짱 요언이야! 요언!"

"아아 그렇습네까?"

"암, 그렇구 말구! 이 신성한 우리 제국 땅 위에 비적들의 시체가 더럽게 나뒹구는 것을 볼 수가 없어 우리 이렇게 깊은 골짜기에다 묻어버리려 간단 말이야!"

"아아, 잘 알겠습네다."

이 일이 있은 뒤 많은 로인들은 이날 일을 생각할 때마다 배를 끌어안고 웃어마지 않았다고 한다.

로인들과 함께 유적지 고찰

❦ 악한 만행 저질렀다 상관에게 총살당하다

… 구술 : 화룡 전남석 로인

일제 토벌대는 홍범도 독립군 토벌에 빈번히 출동했다가도 참혹한 참패를 당하게 되자, 그 분풀이로 곳곳에서 당지의 조선인들을 무참히 학살하고 가옥, 학교, 교회당을 불사르고 닥치는 대로 물건을 략탈하였다.

1920년 10월, 일본 토벌대 놈들은 연길현 춘양향에서 주민 3명을 붙잡아 쇠줄로 코를 꿰여 10리나 끌고 가서 참살하였으며, 12월 6일에는 와룡동의 교원 정기선을 체포하여 얼굴 가죽을 몽땅 벗겨내고 칼로 두 눈을 도려낸 뒤 불태워 죽였다.

이 일이 있은 뒤 한 토벌대의 작은 괴수놈이 어두운 밤 와룡동 마을을 지나는데 갑자기 얼굴 가죽이 몽땅 벗기운 남자 하나가 훌쩍 뛰쳐나오더니, "오 이놈, 오늘 바로 잘 만났도다. 내 봉창을 받아 보아라!"하며 번뜩이는 칼을 들고 덮쳐들었다.

이에 경악한 놈은 "악!" 소리치며 내뛰었는데 그는 너무 바빠 바지에 똥오줌을 내갈긴 건 물론 그로부터 정신이상에 걸려 훈련을 하다가도 "악! 낯가죽 벗기운 귀신이야!", 토벌을 하다가도 "악! 낯가죽 벗기운 귀신이야!", 잠은 자다가도 "악! 낯가죽 벗기운 귀신이야!", 밥을 먹다가도 "악! 낯가죽 벗기운 귀신이야!" 하면서 대갈통을 싸쥐고 길길이 날치는 바람에, "이놈 진짜 천황 페하의 고귀한 명성을 훼손시키며 백전백승의 일본제국 무사의 명성을 더럽힌다."는 데서 결국 제국 놈들 지휘관에게 총살을 맞고 뒈지였다고 한다.

● 내두산촌 사람들의 이야기

… 구술 : 원 내두산촌 일 세대 개척민 로철진, 1984 겨울

　내두산촌은 중국 안도현에서 조선족이 제일 처음 개척한 마을의 하나이다.

　지금으로부터 80여 년 전인 1931년 봄, 조선 북부지방으로부터 70호의 농사군들이 남부녀대로 졸졸 흐르는 두만강을 건너 내두산에 들어와 태고연한 원시림을 개발하고 정착하게 되었다. 이렇게 그들이 내두산에 들어와 한 마을을 형성하고 오순도순 살아가게 된 데는 이런 이야기가 전해 내려오고 있다.

　그 당시 그네들이 살던 조선 북부 함경도 지방은 언녕⁴⁾ 조선을 식민지로 삼킨 일제 놈들의 가혹한 통치로 하여 살아가기가 어려운데다 년년이 한재, 충재 등 자연재해가 빈발하여 나중에는 조반석죽은커녕 하루 한끼 죽도 극난인 형세에 처하게 되었다. 이때 몇 백 리 혜안을 가졌다는 그 마을의 리 씨 성을 가진 년장자 로인이 중국 땅의 적재적소 풍요로운 곳을 살펴볼 요량으로 아아히 치솟은 산정에 올라 백두산 쪽을 바라보매, 흰 갈기를 날리는 16기봉과 담담하고 요염한 천지수와 호용치는 폭포를 옹위한 백두산은 이름 그대로 옥안의 머리요, 푸른 림해 건너 저 멀리 뚜렷한 곡선미를 자랑하는 로일령은 비스듬히 누운 탐스런 미녀의 몸체요, 흰 젖빛구름이 동동 맴도는 드릅봉과 서남쪽 괭이봉은 봉긋하고 풍만한 유방과도 같았다.

　"오, 우리가 가야 할 곳은 바로 저기 저 곳이렸다!"

　이에 리 씨 로인은 즉시 70호를 일일이 찾아 력설동원해 내두산(奶頭山)으로 들어오게 되었다. 그곳에 이르러 여겨보매 깨끗하고 정갈한

---

4) '이미', '미리', '진작'과 같은 뜻의 연변식 표현.

백설을 떠인 조종의 산 백두산은 한결 숭엄하게 자기네들의 천이를 정겹게 내려다보며 웃음 짓고 온갖 새 지지종종 지저귀고 노래하는 청송 백송 이깔나무가 하늘에 치닫는 산야의 땅은 풀썩풀썩 발목을 묻었다.

비록 지대가 몹시 높기는 하지만(해발이 1천여 미터) 이 얼마나 훌륭한 삶의 터전이냐?

리 씨 로인을 비롯한 사람들은 곧 동원되어 스리랑 슬슬 아름드리 나무를 베여내고 괭이를 푹푹 박아 나무 뿌리를 뽑아내고 어기영차 치기영차 집터를 닦았다.

남녀로소 일떠나 해와 달을 동무하여 억척스레 땀 흘린 보람으로 한 달 만에 70여 채의 목조가옥이 일어서게 되었다.

그리고 때를 놓칠세라 지게에 꿍져지고 온 씨앗을 묻게 되었다.

금수강산 동변도는 우리 집이요
백의민족 2천만은 우리 형제다
이역 땅 타향에 온 몸
두 팔 걷고 나서서 힘껏 일하세
타향도 정들면 내 고향이라…

가을에 가보는 감자는 베개만 하고, 호박은 둥글둥글 아름이 벋고, 옥수수는 방치요, 기장 알은 깨물면 이빨이 부서질 것 같았다. 산에는 머루 다래 주렁지고 간곳마다 노루 사슴이 뛰놀고 실개천에는 맛갈진 산천어가 뛰놀고……

이주민들은 절구질과 발방아에 시간 가는 줄 몰랐다.

바람 자고 달 밝은 고요한 촌

딸궁딸궁 방아소리 듣기도 좋다
앞집 동서 뒷집 시누이 한 동맹으로
방아찧는 노래도 불러보세

딸궁딸궁 그래 이건 무슨 방암둥
그야 물론 늘상 먹는 조이 방아지
그야 물론 늘상 먹는 기장 방아지
우리 목숨 정말 여기 달렸을 거니

세벌 네벌 잘 잘 찧어 밥 해 놓으면
기름 기름 찰찰 돌고 맛도 좋거니
남편님과 애들까지 밥 해 먹을 때
세상 재미 별별 재미 다 있거니

참새 같은 이 동서야 군소리 말고
깝싹깝싹 재우 힘써 드뎌냐 주게
꾀만 쓰고 디디는 체 입내만 내니
멍텅구리 내 다리만 맥이 풀린다

이주민들은 흥에 겨워 늘 대풍의 경사를 고창하게 되었다.

땅 땅 좋아서 대풍이 들었네
앞마당 뒷마당엔 노적가리 다물다물
우리 농부 땀 흘린 은혜 갚음일세
집집마다 로광마다 억 석 만 석
풍년새가 스리슬쩍 나래를 편다
풍년일세 대풍이라 둥둥둥 북이 운다
대대손손 이곳에서 부귀영화 누려가세

마을 사람들은 그 뒤 인차 내두하 물에 물방아를 놓아 더욱 흥겨웁고 손쉽게 곡식을 찧어내게 되었다.

에헤요 데헤요 물방아
꼬공꼬공 찧는 물방아
꼬공꼬공 쌀 찧어 뭘 하나
우리 먹고 항일군에 보내가세
홍범도 장군님의 구국군에 보내가세
천하무적 장군님께 보내여 가세

화전놀이, 삼삼이놀이, 천렵놀이, 윷놀이, 화투놀이도 흥성흥성해지
고, 자손도 번창하여 70호로부터 100여 호의 청일색 조선족마을을 형
성하였고, 나중에는 고한산구에서 벼 재배에까지 성공하여 산해진미
로 풍의족식(豊衣足食)하게 되었다.

이 마을은 그 뒤 홍범도 의병대를 도와 많은 군량미를 보내갔고,
그 뒤에는 공산당이 령도하는 난공불락의 항일근거지로 그 업적을
천추에 빛내가는 영광스런 조선족 촌으로 거듭나게 되었다고 한다.

❋ 놈들에게 펄펄 끓는 물벼락을 안기고
··· 구술 : 리숙자 · 동원종

지난 세기 20년대 초, 명월구에서 그리 멀지 않은 안개골이란 작은
마을에서 있은 일이다.

그때 여남 호 되는 그 마을에는 성주란 당년 열일곱 살에 난 청년이
열네 살 나는 여동생과 함께 살아가고 있었다. 그때 그들의 부모들은
얼마 전 모진 전염병에 걸려 모두 돌아가다 보니 오직 두 남매가 서로

의지하여 힘들게 살아가고 있었던 것이다. 그런데 그날 그들이 단박 저녁을 해먹자고 서둘고 있는데 일본병 셋이 들이닥쳤다.

그중 한 놈이 뜨락에서 모이를 쫓고 있는 암탉을 보더니 능글맞게 "욧시, 어서 닭이나 두 마리 잡았소까."라고 했다.

총을 메고 칼을 찬 놈들 앞에서 무슨 뾰족한 수가 있겠는가?

할 수 무가내 성주는 녀동생과 함께 닭을 잡아 튀기게 되었는데 그때 한 놈이 또 씨벌여댔다.

"술, 술도 떠왔소까!"

별수 없이 성주는 마을에 있는 작은 상점 집에 가서 술까지 받아왔다.

닭이 다 삶아지고 밥이 다 되자, 그들 오누이는 놈들에게 저녁상을 들여갔다. 게걸스레 질탕 먹고 마시고 난 놈들은 자리에 꼬꾸라졌다.

그런데 이때 한 놈이 게슴츠레해 일어나더니 성주의 녀동생을 불렀다.

"얘, 너, 너 시집이 가겠소까?"

성주의 녀동생은 무슨 심부름이라도 시키겠는가 해서 방안에 들어섰다가 그 말에 대답을 못하고 선채 오돌오돌 떨고 있었다.

"어째 말이 없소까? 어때 오늘 저녁 나한테 시집이 왔소까? 응? 난 대일본제국의 소대장이란 말이야. 세력 있고 돈도 있고 얼마나 좋았소까? 히히히……."

성주의 녀동생이 오빠께로 돌아서자, 그 자는 냉큼 수하의 병졸 놈들을 탁탁 차 깨우더니 어서 저 애를 잡아들이라고 호통쳤다. 얼핏 잠에서 깨여난 두 병정 놈은 드디어 일의 진상을 깨닫고 나서 히히히 웃으며 벌떡 일어나더니 얼른 성주의 녀동생을 잡아들였다.

뒤미처 "오빠, 나를 좀 살려줘요." 하는 녀동생의 처참한 울부짖음 소리고 터져 나왔다.

성주는 단박 시퍼런 도끼를 잡아 쥐었으나 두 병졸 놈에게 꽉 잡혔다.

아니, 완력으로 그 자들과 판가리 싸움을 벌릴 수 있었지만, 그러면 자기 녀동생의 안위가 걱정되여 그럴 수도 없었다.

한참 뒤 녀동생이 몰골 없이 뛰쳐나오자, 성주는 피뜩 무엇을 생각했던지 얼른 부엌에 나가 장작불을 지폈다. 이윽고 가마물이 씽 씽 사품치며 끓어 번졌다. 성주는 얼른 끓는 물을 퍼가지고 웃방으로 달려갔다. 그는 우선 그 소대장이란 놈의 얼굴에다 끓는 물을 쫙 쏟아 부었다. 그 다음에는 다시 그 병졸 놈들의 상판대기에다 사정없이 쏟아 부었다.

"아이고 아이고!"

놈들은 때 아닌 펄펄 절절 끓는 물벼락에 상판대기를 감싸 쥔 채 처참하게 울부짖었다. 이윽고 놈들은 나 살려라 소리치며 천방지축 내뛰었다.

그 다음날 새벽 성주는 녀동생을 이끌고 명월구로 가 먼 친척집에 맡긴 뒤 묻고 물어 명월구에 있는 홍범도 장군을 찾아갔다.

그리고 인차 그 의병대에 가입하여 철천지 원쑤 일본침략자들을 호되게 족치는 선봉장이 되었다고 한다.

✿ 벌에게 쏘인 로인의 병을 치료한 이야기
··· 구술 : 허문일, 길림성 안도현 명월구, 1974.12

홍범도 장군이 명월구에서 '대한독립군'을 세우고 사령관으로 추대된 1919년 늦봄에 있은 일이라고 한다.

그날 홍범도 장군이 의병들 군사훈련을 시키고 돌아오는데 한 로인이 얼굴을 감싸 쥔 채 모진 신음소리를 내며 길에서 나뒹굴고 있었다. 그 로인은 밭머리에서 풀을 베다가 그만 벌집을 다쳐놓아 얼굴은 몹시 쏘였는데 크게 독을 타고 있었던 것이다. 이때 그 로인의 아들이 일하러 다가와 보더니 미처 어찌할 바를 몰라 쩔쩔 매고 있었다.

이를 본 홍범도 장군은 "이보게 젊은이, 어서 저 산으로 달려가 이끼를 좀 뜯어다 아버지의 얼굴에다 붙여 드리시오."

이에 그 청년은 얼른 바위께로 달려가더니 이끼 한줌을 뜯어다 아버지 얼굴에 붙였는데 얼마 안 되어 얼굴의 독이 내리고 원상을 회복했다. 이에 사람들이 어떻게 그런 의술까지 다 장악했는가고 묻자, 홍 장군은 웃으며 말했다.

"이는 그 무슨 나의 발명이 아니라 지금으로부터 약 2천 년 전 중국 고대의 명의 화타 어르신님의 발명이랍니다."

"화타 어르신의 발명이라구요?"

"그렇답니다. 한번은 화타가 병 치료 길을 떠났었는데 한 여자가 얼굴을 감싸 쥐고 앓음 소리를 내며 길가에서 뒹굴고 있더랍니다. 이에 화타가 '어찌된 일이요? 어디가 아파서 그러오?' 했더니, '아니 내가 방금 풀을 베다가 그만 벌집을 다쳐놓아 벌들에게 쏘였답니다.' 하더랍니다. 헌데 이때 화타는 그 치료약을 지니지 않고 있었는지라 얼른 동행 중이던 제자 오보에게 '너 얼른 저 집 뒤 음달진 곳에 가서 이끼 한줌 뜯어 오너라.' 해서 그 이끼를 주물러 부시우더니 녀인의 얼굴에다 붙였는데, 좀 있어 그 녀인은 씨원한 게 아프지 않다고 하더랍니다. 사람들이 화타더러 이끼가 어찌되여 빌독을 치료하는가고 묻자, 화타의 말이 '이것은 내가 오직 관찰을 통해 알게 된 비방인데 어느 해 여름 내가 집 어귀에서 바람을 쐬고 있는 때 큰 벌 한 마리가 날아오더니 그만 거미줄에 걸렸는데 벌이 바득질5)을 치자, 거미가 다가와 벌에게 접근하자마자 쏘여 단통 배가 불어났지. 그러자 거미는 그물에서 내려오더니 이끼를 찾아 그 위에서 뒹굴지 않겠나? 이렇게 배가 이끼와 마찰되자, 인차 부은 것이 내려 거미는 끝내 그 벌을 요정내고 말았다네. 이에 나는 그 당시 벌의 독은 불에 속하고, 이끼는 물에 속하기에 물이 능히 불을 제어할 수 있어 이끼가 벌독을 치료한다는 것을 알게 되었다네.'라고 하더랍니다. 나는 화타의 병 치료 처방에 대해 좀 알고 있었기에 그 청년더러 아버지 로인에게 그대로 이끼를 얻어다 쓰라고 한 것이랍니다."

이 일이 있은 뒤로부터 사람들은 홍범도 장군은 의술에도 몹시 능하다고 여간 탄복해마지 않았다고 한다.

● 목침 두 개로 오금이 들어붙은 병을 치료
··· 구술 : 허문, 안도현 명월구, 1974.11

1919년 초여름, 연변 명월구에서 있은 일이라고 한다.

그때 홍범도는 이곳에서 대한독립군을 세우고 나서 당지 백성들의 민심을 살피고저 어느 한 집을 찾아 들게 되었는데 집안에 들어서보니, 널직한 웃방에 늙은이 한 분 누워 있었다. 보아하니 이제 겨우 60푼한데 눈도 펀펀하고 귀도 어두운 같지를 않았다. 더구나 식사 때 가 되니 누운 채 요지부동으로 밥 한보시기를 게 눈 감추듯 했다.

"아니 집 로부는 무슨 병으로 해서 저렇게 누워만 계시오?"

홍범도의 물음에 젊은 아들이 대답하기를 "글쎄 다른 데는 다 일없으

---

5) '발버둥'의 연변식 표현.

신데 그저 오금이 붙어서 변소 출입도 전혀 못하고 있답니다."

"오, 그렇소?"

"녜. 그래서 의사를 많이 보였고, 좋다는 약은 다 구해 써보았지만 여전히 차도가 없어 저러고 있는 중입니다요."

"그럼 어디 내가 좀 볼까?"

홍범도 장군의 말에 아들은 반색을 하며, "아, 그럼 어서 봐주십시오." 한다. 홍범도는 한동안 다시 로인의 몸을 깐깐히 살피고 나서, "이건 병이 아니라오."라고 했다.

"녜에? 병이 아니라구요?"

"아니구 말구. 자, 그럼 어서 목침 두 개만 가져오시오."

"녜, 그야 얼마든지 있는 걸요."

목침 두 개를 받아 쥔 홍 장군은 "저 그럼 이 방문 앞에 나가 기다리시오."라고 했다.

그런 뒤 홍 장군은 로인이 지지리 덮고 있는 이불을 활 벗겨 던지고 뒤이어 로인의 바지 가랭이를 쓱 걷어 올리더니 목침으로 병자의 한쪽 정강이를 딱 내리쳤다. 그러자 로인은 금시 "아이쿠!" 하는 소리와 함께 자리에서 벌떡 일어나 앉더니 홍 장군이 다른 목침 하나를 마저 집어드는 것을 보자 "사람 살리우!" 하고 고함을 내지름 문을 냅다 차고 밖으로 뛰었다.

"자, 보시오. 금시 병이 뚝 떨어지지 않았소?"

"오, 정말!"

하긴 로인의 병은 금시 다 나아졌으니, 그 병은 다름 아니라 엄살을 부려 너무 걷지를 않은 데서 생긴 오금이 들어 붙어버린 병 아닌 병이었던 까닭이다.

홍 장군은 로인께로 다가가더니 "이것 참 죄송합니다만 인제부턴 몸을 움직여 나다니십시오. 그렇지 않으면 또 오금이 들어붙습니다요."라고 했다.

"녜, 녜, 알겠습니다. 의사 선생님!"

로인은 이 의외의 명의가 바로 대한독립군 사령 홍범도 장군인 줄은 전혀 모르고 련해련신 감사만을 표시하는 것이었다. 홍 장군은 끝으로 한마디 보태기를 "하긴 그래서 예로부터 늙은이들 건강의 대적은 몸을 전혀 움직이지 않는 것이라고 했답니다."

"녜, 녜, 명심하겠습네다."

홍범도 장군은 이렇게 그 로인의 병을 뚝 떼주고 다시 민심을 살필 양으로 다른 집으로 떠났다고 한다.

✺ 새들은 왜서 늘 울음소리를 낼가
··· 구술 : 안도현 봉녕구 보광소학교 김범송 선생, 1953

홍범도 장군이 41세 나는 해의 어느 하루, 지형지물을 살피느라고 명월구 동북부의 산 수풀로 나갔는데 이곳 몇몇 조무래기 애들이 오구작작 짓까불고 있었다.

"애야, 저 새들은 왜서 저렇게 쉼 없이 지잴지잴 울부짖기만 할까?"

"글쎄, 언제 들어봐야 한쉼도 쉬지 않는 것 같아."

"참 틀림없이 그 무슨 영문이라도 있어서 그럴 텐데 말이야."

이때 홍범도는 그 애들 곁으로 다가가더니, "그럼 내가 그 원인을 말해줄까?"라고 했다.

"녜, 좋아요. 아저씨, 어서 이야기 해주세요."

"그런데 아저씨는 우리 이곳 명월구에 계시는 분인가요?"

"하긴 난 저 조선 평양이란 곳에서 태어났는데 그곳에서 살 수가 없어서 두루두루 이곳저곳 돌아다니다가 방금 얼마 전 이곳에 왔단다."

"오, 그러세요? 그럼 어서 새들이 왜서 늘 울음소리만 내는지에 대해 말씀해 주세요."

"오냐 오냐. 그럼 내 얘기해 줄 테니 어디 들어봐."

"아이 좋아라!"

"새들이 울음소리를 내는 데는 저저마다 아주 뚜렷한 원인이 있는데……."

"아, 그런가요?"

"그 첫째로는 새들은 늘 수풀이 우거진 곳에 몸을 숨기고 있기에 서로서로 울음소리로 자기가 있는 곳을 알려준단다."

"오, 그렇구만요."

"둘째로는 이곳은 내가 차지하고 있는 곳이니 그런 줄 알고, 그 어떤 이든지 감히 이곳에 날아오면 단단히 혼빵날 줄 알라고 경고하는 게란다."

"오, 그렇구만요."

"셋째로는 자기와 사랑이 될 짝의 새를 부르는 소리란다. 새들은 주로 수컷이 큰소리를 내여 울며 자기에게 알맞은 암컷 새들이 찾아오면 짝을 짓고 오순도순 재미있게 아빠 엄마가 된단다."

"오오, 그것 참 재미있네요."

"넷째로는 사기류의 새 동무들에게 서로 통신을 전해주어 이곳 부근에 원쑤놈이 숨어 있을 수 있으니 마구 날아예지 말고 경각성 높여 잘 은신해 있으라고 전하는 것이란다."

"오, 그것 참 신기하네요."

"또 있는가요?"

"또 있구 말구. 마지막으로는 몸이 상했거나 병에 걸린 새들이 자기 류의 새들에게 그 소식을 전해, 어서 와서 자기를 보살펴 달라고 부르 는 소리란다."

"아아, 감사해요, 아저씨!"

이렇게 홍범도 장군은 항일군사술과 지휘에 능한 명장이었을 뿐만 아니라 대자연에 대한 학식도 풍부하여 그처럼 뭇사람들의 존중을 받 았다고 한다.

🐾 목 잘린 산
··· 구술 : 길림성 안도현 명월진 룡산촌 윤영남, 1983.12

길림성 안도현 명월진 룡산촌과 량병진 보광촌 접경지대에는 펑퍼짐 하게 생긴 작은 산 하나가 있으니 이곳 사람들은 지난 세기 20년대부터 이를 목 잘린 산이라 불러왔으니 여기에는 그럴 만한 사연의 이야기가 깃들어 있다.

1919년 봄, 홍범도 장군은 명월구에서 '대한독립군'을 건립하고 사령 관으로 추대되었다. 그로부터 얼마 안 되여 수하의 한 의병으로부터 아 주 행동거지가 수상한 백성 한사람을 잡았다는 보고를 받게 되었다. 그 자는 사처로 다니며, '이곳에 있는 대한독립군은 얼마나 되며 사령관 홍범도는 어디에 주숙(住宿)을 정하고 있는가?' 등을 물으며 자기도 독 립군에 가입할 생각으로 찾아왔다는 것이었다.

"그럼 그 사람을 어서 데려오라!"

수하 의병이 그를 데려오자 홍범도는 그를 심문하게 되었다.

"그래 독립군에 가입할 생각으로 찾아왔다지?"

"네, 네."

"그럼 당신은 명월구 사람인가?"

"아니, 아니요."

"그럼 어디서 왔는가?"

"저, 저…."

그의 떠듬거리는 자태에 의심이 든 홍 장군은 엄히 따지고 심문, 심문 결과 그 자는 조선 혜산진 일본군 수비대에서 파견한 조선인 끄나풀 통역, 그 자의 품에서 일본제 권총까지 사출(査出)되어 나왔다.

"네 이놈! 조선 사람으로 생겨 우리 조선을 무도하게 삼켜먹은 일본 침략자의 개다리질까지 하다니?! 이 씨종자도 못 받을 놈!"

이리하여 홍범도는 즉시 그 자의 목을 자르라고 엄명했다.

하여 수하 의병은 그 자를 그 펑퍼짐한 산언덕에 끌고 가서 참수해 목을 잘라버렸으니 이로부터 사람들은 그곳을 '목 잘린 산'이라 부르게 되었다고 한다.

🐾 짹짹 오른쪽 길로
··· 구술 : 마희천, 안도현 봉녕구 구일툰, 1955

그 어느 때인가 홍범도 장군이 200여 명의 정예한 의병대오를 이끌고 조선 혜산진 일본 수비대를 불의 습격하여 크게 승리하고 돌아오는 때였다.

그들이 두만강을 건너 한 산기슭에 이르러 보니 두 갈래의 길이 나졌다. 왼쪽은 나무숲이 꽉 우거진 오솔길이었고, 다른 오른쪽 길은 우차와 자동차도 오갈 수 있는 탁 트인 큰길이었다. 상례로 보아 나무숲이 무성한 오솔길에 들어서서 근거지로 돌아와야 했다. 이에 홍범도 장군은 부대를 이끌고 오솔길에 들어서려고 했다. 헌데 이때 갈림길 소나무 우에서 전에 보지 않던 작은 새 한 마리가 "짹짹 우로(右路)로, 짹짹 우로로" 하고 울어옜다.

그러나 홍범도 의병대는 그에 개의치 않고 여전히 오솔길로 접어들려고 했다. 그러자 그 새는 더욱 자지러지게 울면서 "짹짹 우로로, 짹짹 우로로!" 하였다. 이에 홍범도 장군은 하도 이상하여 대오의 전진을 멈춰 세운 뒤 분석해 보았다.

"짹짹 우로로! 짹짹 우로로! 오늘 따라 전에 보지 않던 새가 나타나 이렇듯 자지러지게 우니 이는 도대체 무슨 뜻일까?"

이때 한 대원이 말했다.

"사령관님, 이게 보통 일이 아닙니다."

"글쎄 말이야. 이게 도대체 무슨 뜻일까?"

"짹짹 우로로, 짹짹 우로로 하니 이는 필시 우로로, 우로로, 오른쪽 큰길로 행군해 가라는 뜻인가 봅니다."

"우로로, 우로로, 과연 좌측 오솔길로 가게 되면 위험하니 오른쪽 큰길로 가라는 뜻이 분명해!"

이에 홍범도 장군은 대오를 이끌고 오른쪽 큰길에 들어섰다.

하긴 이날 홍범도 의병대의 호된 기습에 혼줄이 난 혜산진의 놈들은 이 일을 즉시 중국 쪽 놈들에게 련락하여 의병대들이 틀림없이 감히 큰길로는 나 보란 듯이 갈 수 없으니까 오솔길로 빠져 나갈 것이니, 만단의 준비로 오솔길 량켠에 대기하고 있다가 깨끗이 소멸해 버리라고 했던 것이다. 헌데 상급 놈들의 명령에 따라 대기하고 있던 놈들은 발끝까지 무장하고 아무리 기다렸으나 대담하게 큰길에 들어서서 근거지로 보무당당 무사히 돌아온 의병 한 사람도 맞띄우지 못하여 헛물만 켜고 말았다.

이렇게 금수의 새들마저 침략자를 무찌르고 정의를 위해 싸우는 홍범도 의병대를 도와 나섰다고 한다.

🐦 꿩을 꾀어 내여 왜군 복병을 전멸
··· 구술 : 길림성 안도현 봉녕구 보광촌, 1955

그 어느 때인가 홍범도 장군(문자자료에 의하면 그것은 1920년 9월)은 대한독립군을 이끌고 내두산을 목표로 명월구 근거지를 떠나게 되었는데 그는 어느 한 곳 밀림 속에 일본군 한 개 중대가 매복해 있다가 그의 부대를 기습하리라는 정보를 입수하게 되었다.

과연 그들이 한 소로길을 따라 풀이 무성한 지대에 이르니 어쩐지 별로 수상한 감이 든 홍범도 장군은 전체 전사들을 풀 속에서 쉬게 한 다음, 평복차림을 한 몇몇 대원들더러 미리 준비해 가지고 온 콩알 몇 줌을 그 수풀 언저리 몇 곳에 놓아두고 오라고 하였다.

과연 얼마 안 되여 뜻밖의 콩을 본 꿩들은 사처에서 푸드득 푸드득 날아나와 콩을 쪼아먹는데 일본 복병 놈들은 독립군 부대에 대한 습격이고 뭐고 숱한 꿩들을 보자 그것이 탐나서 어기 총질을 해대였다. 이렇게 하여 드디어 은신해 있는 왜놈 복병들을 발견하게 된 홍범도 장군은 즉시 사격명령을 내려 그곳에 몰사격을 퍼부음으로써 한 개 중대 놈들을 몽땅 전멸시키는 큰 전과를 올리었다.

마희천 로인은 이 전설을 나에게 이야기하면서 "하긴 홍범도 장군은 세상 보기 드문 전략가란데."라고 긍지에 차 엄지손가락을 내흔드는 것이었다.

　하긴 초가을이면 장백산 지대의 많은 꿩들이 엄동이 오기 전에 콩을 많이 먹어 자신을 살찌우고, 또 겨울먹이 저장으로 그 무엇보다 콩을 탐한다는 것을 잘 알고 있는 홍범도 장군이었기에 이런 묘한 수를 써서 일본 토벌대 놈들의 잔악한 궤계를 짓부셔 버림과 아울러 은신해 있는 놈들을 일거에 전멸해 치웠으니 말이다.

많은 자료를 제공해준 고향의 로인들과 함께

일제의 독살음모를 분쇄

… 구술 : 민간문예인 서영환, 안도현 석문구 차조촌, 1965 겨울

일본침략자들은 저명한 반일의병장이며, 독립군사령관인 홍범도를 무력으로 토벌하고 지어 그의 부인과 아들까지 내세워 귀순시키려 시도했지만, 모두 실패로 돌아가자 나중에는 미인계를 써서 그를 쥐도 새도 모르게 독살하려 꾀하기까지 하였다.

어느 때 한번은 홍범도가 반일무장단체를 규합하기 위하여 수하 부관 몇을 거느리고 몇십 리 길을 도보로 떠나게 되었다. 그러다 그들은 길가에서 아주 아담한 술집을 맞띄우게 되었다.

"사령관님, 로독도 풀 겸 쉬여갈 겸 어디 좀 들어가 봅시다."

한 부관의 말에 그들은 그 집에 들리게 되었는데 주인을 찾자 해반주그레 생긴 이팔청춘의 나젊은 녀인 하나가 허리를 배배 탈며 만면춘풍으로 뛰쳐나와 아주 열정적으로 맞아주었다.

"자, 어서들 들어오십시오."

그녀는 홍범도 장군 일행이 앉기 바쁘게 술상부터 차리는 것이었다.

"아니, 온 집에 혼자뿐인가요?"

부관의 물음에 녀인은 울상을 하며 애잔한 소리로 "녜, 녜, 일찍 남편이 일본 놈들에게 죽임을 당하자. 혈혈단신 살아가기 힘들어 이렇게 무작정 길가에 선술집을 차려놓고 있는 중이올시다."

"오, 그렇구만."

녀인은 얼른 채 몇 가지를 지지고 볶아 내오고, 고급 술 한 병을 내온 뒤 물었다.

"저, 묻기는 무엄합니다만, 이분은 혹시 일본 놈들의 간담을 서늘케 하는 대한독립군 사령관이신 홍 장군님이 아니신지요?"

“바로 그렇습니다. 홍범도 장군이십니다.”

“아아, 이렇게 뵙게 되니 너무나도 황공하고 반갑습니다.”

그러면서 녀인은 얼른 술병을 들어 잔에다 철철 넘치게 따라 홍 장군에게부터 올렸다.

“자, 장군님, 몹시 어설픈 술이지만 어서 한잔 드시지요.”

“몹시 고맙소. 함께 들어야지요.”

“아니, 저같이 천한 계집이 어찌 감히 장군님과 동석동배를 하오리까?”

그럴수록 부관은 그 녀인도 함께 들기를 강권, 그러자 녀인은 얼른 주방으로 쪼르르 나가더니 다른 색상의 술병을 들고 들어와 자기 잔에 붓더니 말했다.

“자, 홍 장군님, 그럼 함께 드십시다.”

그러자 홍범도는 “아니, 들 바에야 같은 술을 들어야지 이렇게 차별주를 든다면 어디 말이 되오?”하며, 녀인이 든 술잔을 와락 빼앗아 땅바닥에 부어버리고 그 술잔에다 자기에게 따라준 술병의 술을 부어 권했다.

“자, 인젠 함께 들기오!”

그러자 그 녀인은 요조핑계를 대며 종시 그 술을 마시려고 아니했다.

“자, 어서 마셔!”

홍범도 장군의 추상같은 호령이 떨어졌다.

이에 그렇듯 아양을 떨던 녀인은 더 떼질을 쓸 수가 없어서 그 술을 꿀떡꿀떡 마시더니 그 자리로 팍 쓰러졌다.

“고약한 년! 독술로 우리 사령관님을 독살하려고?”

“흥! 이는 일본 놈들의 독살음모야!”

홍범도 장군은 이 한마디 말을 내뱉고는 “자, 어서 길을 떠나세!”하면서 부관들을 데리고 일어섰다.

이렇게 일제 놈들은 미인계로 홍범도 장군을 독살하려고까지 했으나 끝내 그 음모마저 철저한 실패의 운명을 피면할 수가 없었다고 한다.

수많은 자료를 제공해준 민간예인 서영환(앞줄 식탁 앞의 사람)

✽ 우린 홍범도 장군의 독립군 전사다!

… 구술 : 민간문예인 서영환, 안도현 석문구 차조촌, 1965 겨울

이것은 일본 침략자들이 룡정에서 국자가(오늘의 연길시)에 이르는 소위 국방도로를 닦을 때의 일이였다.

그때 놈들은 홍범도 항일독립군들을 토벌소탕함에 있어서 군용자동

차가 씽씽 맘대로 드나들 수 있는 길만 잘 닦아 놓는다면 만사대길이라 생각하여 숱한 조선인 인부들을 잡아다 길닦기에 내몰았다.

이런 어느 하루 점심, 일본 십장 두 놈은 배불리 처먹고 마시고 방금 자리에 누웠는데 그들께로 인부 두 사람이 척 들어섰다. 눈이 게슴츠레해진 십장 한 놈이 "너 왜 들어왔소까?" 하고 호통쳤다.

"좀 볼일이 있어서요."

"그래 무슨 놈의 볼일이야?!"

그러나 그 두 인부는 대답 대신 얼른 그 십장 놈의 머리맡에 있는 권총과 칼을 잡아챈 뒤 권총을 두 십장 놈의 코앞에 들이대고 웨쳤다.

"잔말 말고 어서 일어낫!"

"아니 왜 이랬소까?"

"잔말 말고 어서 일어나란 말이야!"

"아, 아니, 당신들은?"

"우린 바로 홍범도 장군의 대한독립군 전사들이다!"

"엉? 인부가 반일군대까?"

"그렇다! 우린 바로 대한독립군이다!"

그들 두 놈은 더 어찌할 방법이라곤 없었다. 그들은 엉기정기 기여 일어나 두 손을 바짝 쳐든 채 벌벌 떨었다.

"그래 어찌자는 겁니까?"

"정상을 봐서는 너희들을 당장 이 자리에서 죽여야겠으나 잠시 목숨만은 살려줄 테니 토벌대 놈들이 돌아오면 우리가 어떻게 저기 군수창고의 무기 탄약이나 털어갔다는 게나 똑똑히 일러바치란 말이다!"

"예, 예, 제발 목숨만 살려 주십시오."

"하지만 금후 새로 잡아들이는 인부들을 지금처럼 혹사한다면 그때는 추호 용서가 없겠으니 그걸 명심하란 말이야."

독립군 전사들의 날렵한 행동거지와 빈틈없는 일본말 구사에 십장 놈들은 "예, 예, 그 말씀 꼭 명심하겠습니다."하고 애발제발 곤두백배 빌기만 했다. 독립군 두 전사는 그놈들을 꽁꽁 결박지워 길 가 나무 밑 둥에 묶어놓은 다음 강제로 잡혀온 인부들을 몽땅 해산시키고 곡괭이 와 망치로 군기창고문을 짓부시고 그 안의 보총과 탄알, 수류탄들을 놈 들의 자동차에 꽉 박아싣고 뿡! 뿡! 기적소리 드높이 본거지로 질주해 갔다.

놈들은 수시로 항일의병을 대처하기 위하여 곳곳 여늬 곳에든 무기 와 탄약들을 저장해 두었는데 이 두 명 독립군 '인부'들은 며칠 새 인부 로 가장해 일하면서 이를 속속 다 알아내었던 것이다.

이 일이 있은 뒤로부터 일제 놈들이 제아무리 날쳐도, 홍범도 장군의 대한독립군은 천하무적 날렵하여 당해낼 수가 없다는 소문이 널리널리 파다히 퍼져나갔다고 한다.

❋ 삶은 소 웃다 꾸레미 터질 일
··· 구술 : 연변 룡정시 김재권

그린 멀지않은 지난 세기 20년 대 초, 룡정 일본 총령사관 령사의 아 들녀석 하나가 어느 날 학교에 갔다 오더니 아버지보고 말했다.

"아버지, 모두가 말하는 게 일찍 조선총독부 총독으로 있던 이등박문 이 안중근이란 조선사람 총에 맞아 죽었다고 합데다."

그런데 일본 총령사관 령사인 이 애비는 이 일을 언녕6) 알고 내심으

---

6) '이미'의 연변식 표현.

로는 여간 비통해마지 않았으나, 자기 집 사람들에게 일구무언 전혀 말치 않고 있었던 것이다.

그런데 그날따라 아들놈이 막상 이 일을 꺼내자, "얘야. 이 일을 가는 곳마다에서 다시는 더 말을 꺼내지 말아야 한다!"고 엄포를 놓아 말했다.

"아니 왜요? 듣자니 이등박문이란 사람은 그렇게도 사처로 쏘다니며 나쁜 짓만 했다고 하던데요?"

"어느 놈이 감히 그따위 소리를 하더냐? 엉!"

"모두가 그러던데요 뭐."

"아니 이놈, 무엇이 어쩌고 어째?"

이 령사는 너무도 격분해 평시에 금이야 옥이야, 불면 날아갈세라 쥐면 부서질세라 아끼고 아끼던 아들놈의 낯반대기를 불이 번쩍, 무사도 정신을 잔뜩 가다듬어 세매나 후려쳤다.

불나케 얻어맞은 아들놈은 "아버지, 모두가 하는 말을 그대로 말했을 뿐인데 왜 이렇게 때리는 겁니까?" 하고 엉엉 울며 대들었다.

"이놈, 아직도 입을 다물지 못해?"

"흥! 사실 이등박문이 돌아다니며 나쁜 일만 골라했으니 어찌 무사할 수 있겠는가 말이에요!"

"아이고 이놈아, 아이고 아이고고."

이 일본 령사놈은 이등박문이 뒈진 일이 너무나도 애통하고 아들놈마저 이등박문이 죽어 마땅하다고 말한 일이 너무도 애통하고 비감하고 괘씸하여 그 며칠이고 속으로 애고대고하며 밥마저 바로 못 먹고 돌아쳤다고 하니, 사람들은 "정말 삶은 소 대가리 웃다가 꾸레미 터질 일이지요." 하고 풍자 조소해마지 않았다고 한다.

민간예인을 통해 홍범도와 안중근에 대한 이야기를 수집

부임 족족 병신이 된 령사 놈들

··· 구술 : 김재권, 연변 룡정시, 1989

1922년 왜놈들이 룡정에다 령사관을 세운 뒤 부임하는 령사마다 부임 얼마 못 가 모두가 시름시름 앓다 병신이 되군 하였다.

하여 령사들마다 부관을 통해 각지에 있는 용하다 소문난 의사들을 다 붙잡아다 병을 보이고 약을 썼지만, 얼마 못 가 두 눈알만 판들거릴 뿐 손가락 하나 움직일 맥마저 나지 않군 하였다.

하여 어느 날 세로 부임되어 온 한 령사는 또 갑자기 무서운 병이 들이닥치자, 국자가(오늘의 연길시)에 가서 아주 용하다는 중의(中醫) 한 사람을 데려오도록 했는데, 중의는 그 령사의 맥을 한창 짚어보더니 백두산 백년 묵은 산삼을 달여 먹여야만 원기를 회복할 수 있다고 하였다. 이에 이 령사는 졸개들을 시켜 백두산 백년 묵은 인삼을 캐오는 사람에게는 후한 상금을 내준다는 방까지 크게 내붙이게 하였으나 캐오는 사람이라곤 없었다. 이에 그 령사마저 앓다가 들어 눕게 되었다.

이로하여 또 후임으로 한 령사가 부임했지만, 그도 얼마 안가 멀쩡하던 팔과 다리가 갑자기 찡찡 저려나다가 드디어는 앉은뱅이가 되고 말았다. 하여 왜놈들은 점쟁이와 무당을 불러 점을 치고 굿을 하여 악귀를 쫓기로 했다. 이때 불려온 점쟁이는 지긋이 눈을 감고 입속말로 웅얼웅얼 하더니 말했다.

"이 령사관을 지을 때 천분을 어겼으니 오늘의 이런 천벌을 받아 마땅하도다!"

"그게 무슨 말씀이오이까? 우리가 천분을 어기다니요?"

"그래, 당신네들이 이 령사관을 세울 때 소가죽 한 장만큼 한 땅만을 갖겠다고 앙큼한 수작을 꾸미더니, 그 한 장의 소가죽을 천 오리, 만 오리로 오려 이어 끝내 2천 503평방미터의 땅을 강점했거늘, 그리고는 조선 서울 통감부며 일본천황과 부절히 련락하여 홍범도 장군이 이끄는 대한민국 구국군에 대한 토벌을 일삼으려 있으니 어찌 천벌을 받아 분신쇄골의 운명을 면할 수가 있단 말이뇨?"

이 점쟁이의 설교와 더불어 무당의 북을 딱딱치며, "그렇구 말구. 그래서 천벌을 받구 말구!" 하며 맞장구를 치는 것을 본 왜놈 령사는 여느때 같으면 단칼에 키를 낮춰버렸겠으나, 저희들 죄상을 귀신같이 속속들이 다 알고 하는 아주 정당한 소리라 그저 방임해 놔둘 수밖에 없었다. 아니, 공연히 그들을 죽였다간 령사 저희들을 지금처럼 병신으로가 아니라 아예 죽여 버릴 수도 있다고 겁을 집어 먹었던 때문이다.

이리하여 저희들이 망하는 그날까지 룡정 령사관 령사 놈들은 부임 족족 병신신세를 면치 못했다고 한다.

저는 홍범도 수하에 있는 군인이올시다.

··· 구술 : 김시용 로인, 안도현 명월구

지난 세기 초 어느 해 초가을, 명월구 이룡산 부근에 사는 한 총각이 장가를 들게 되었다.

마을 사람들이 방금 꽃 같은 색시를 가마에 태워 데려다 놓고 큰상을 받는 때였다. 이때 난데없는 큰 매 한 마리가 신랑 집의 활 열어놓은 웃방으로 씽하고 날아들더니, 신부 첫날 상에 놓은 빠알간 고추를 물린 수탉을 너업적 채가지고 달아났다. 그러자 잔치집에서는 일대 큰 소동이 와작 일어났다.

"어찌나 저놈 불의의 매를 잡아 죽이고 닭을 도로 찾아와야 하오. 그렇지 않으면 이 집은 물론 온 마을에 큰 재앙이 떨어지게 된다오."

로인들의 말에 마을사람들이 미처 어쩔 바를 몰라 안절부절하고 있는데 이때 단총을 차고 잔치집 구경을 왔던 한 젊은이가 그 말을 듣더니 곧추 매를 쫓아 나섰다.

그런데 매란 놈은 어느덧 수십 길이나 되는 높은 산에 날아가 고목 우에 앉았는데 어찌나 아득히 먼지, 까아만 점같이 보일 뿐이었다. 이에 그 젊은이는 매에게 총을 쏠 수가 없어 계속 쫓으며 달려갔다. 한참 있어 매는 인젠 별일 없으리라 안심했던지 잡아채간 닭을 뜯어 먹으려 잡도리를 했다.

이때 매가 앉은 고목나무 밑에까지 뛰여간 젊은이는 얼른 그놈의 매의 눈을 견수어 땅 하고 방아쇠를 당기였다. 그러자 매란 놈은 "찍! 빽!" 소리와 함께 통닭을 뚝 떨구며 나무 밑둥이로 죽어 떨어졌다.

젊은이는 얼른 그 첫날 닭을 고스란히 집어 들고 잔치집으로 내달아 왔다.

이때 많은 사람들은 난생 마을에서 본 적이 없던 그 젊은이를 보고 "아니, 젊은이는 도대체 어디서 온 누구요?" 하였다.

그러자 젊은이는 "저는 잠시 이곳에 머물러 있는 사람입니다."

"그런데 권총은 어찌된 일이요? 보아하니 일반 농사군 젊은이는 아닌데……."

이에 그 젊은이는 "저는 이곳에 주둔하고 있는 대한독립군 사령 홍범도 수하에 있는 군인이올시다."라고 대답했다.

"오, 얼마 전 홍범도 장군이 이곳에다 대한독립군을 창설하고 사령관으로 취임해 계신다고 하더니!"

"정말 나도 그런 말을 들었는데……."

사람들은 이렇게 환호성을 올림과 함께 "홍범도 장군 수하의 젊은이들마저 이렇게 백발백중 명사수이니 일본 놈들이 제 아니 싸움마다 패하지 않을 수가 있겠소?"라고 하며 감탄해마지 않았다고 한다.

🐛 하늘도 구국군을 도와
… 구술 : 황억준, 흑룡강성 아성시

안도현 명월구에 사는 늙은 어머니가 중병에 걸려 홍범도의병대에 가 있는 아들에게 소식을 전해, 아들이 며칠간의 말미를 얻어 집으로 돌아오게 되었다. 헌데 소식을 전한 지 며칠이 되도록 아들에게서 종무소식인지라 어머니는 마을에서 한다하는 점쟁이 로인을 찾아가 점을 쳐달라고 했다.

점쟁이 로인은 점을 치고 나서 말했다.

"집 아드님은 바로 집으로 오는 중이온데 이제 래일 아침 비가 오게 되면 아들의 이름을 세 번씩 동간이 뜨게 크게 부르시오. 그러면 무사히 돌아올 것이외다."

이때 아들은 다그쳐 집으로 오다가 비가 억수로 퍼붓는지라 길가에 있는 헐망한 절당에 들어가 비를 피하게 되었다.

그런데 한참 있더니 "애, 아무개야, 어서 집으로 돌아오너라!" 하고 련속 큰소리로 부르는 소리가 났다.

이에 아들은 얼른 절당을 뛰쳐 나섰는데 어머니의 부름소리는 틀림없었건만 어머니는 그림자도 보이지 않았다.

"참 이상도 하지."

그는 다시 낡은 절당 안으로 들어갔다.

그런데 그가 들어가자마자, "애, 아무개야, 어서 집으로 돌아오지 않고 뭘하느냐!" 하고 다시 큰소리로 그를 불러 재촉하는 어머니의 목소리가 들려오지 않겠는가? 이에 아들은 얼른 밖으로 뛰쳐나왔다. 그가 나오자마자 와그르르 모진 소리가 나기에 뒤돌아보니 자기가 비를 피해 들어섰던 낡은 절당이 와그르르 무너져 내리는 것이었다.

이렇게 되여 무사히 집으로 돌아온 아들은 홍장군께서 준 위자금을 어머니에게 좋은 약을 사 대접함으로써 어머니의 병은 인차 완쾌되여 다시 부대로 돌아갔다고 한다.

한편 이 일을 두고 많은 사람들은 한결같이 하늘도 항일구국군이라면 일심으로 도와주니 조선독립이 재빨리 이룩될 것이라고 여론해마지 않았다고 한다.

🖋 어허 아이고고!

… 구술 : 김복군 · 박언희, 안도현 영경향 조양촌, 1990.9

연변 안도현 영경향에서 서쪽으로 100여 리 떨어진 송화강과 고동하가 합치는 합수목에는 "어허 아이고고!"라 부르는 곳이 있다. 이곳을 이렇게 부르게 된 데는 이런 전설이 전해지고 있다.

지난 세기 20년대 말게, 일본 침략자들은 이곳 영경일대의 장백산 림구의 원시림을 마구 란벌해서는 고동하와 송화강에 뗏목으로 길림 방면으로 류송해다는 저희들 군기를 제조하였다.

그런데 이곳 송화강과 고동하가 합치는 합수목에 이르기만 하면 난데없이 총탄이 사처에서 쏟아져 나와 호위병들이 모조리 죄반반 즉사하고 뗏목이 없어지군 하였다.

"암만해도 이건 일점불차 대한독립군 비적 놈들의 불법소행이렸다!"

이렇게 단정한 안도현 소재지 송강 주둔 일본 토벌대 놈들은 잠시 목재류송을 중지하고 그 합수목 위의 촉촉바위에다 군영을 짓기로 하였다.

드디어 군영이 완공되자, 놈들은 큰 경사가 난 듯 이날 그 병영에 10여 명의 기관총 사수들을 배치하고 뗏목에다는 놈들의 충실한 졸개이며, 안도현 경찰대 사령인 리도선의 수하에서 열 놈을 선정하여 뗏목 운반을 호위하게 되었다. 헌데 뗏목을 띄운 지 얼마 안 되어 난데없는 불벼락이 터지더니 먼저는 바위 우의 병영의 놈들이 미처 총 한방 쏴보지 못한 채 개죽음이 되어 철렁철렁 강물 우에 나떨어져 처박히고, 뒤이어 뗏목에 탔던 놈들마저, "어허 아이고고!" 소리조차 변변히 못친 채 수중고혼이 돼버렸다.

이리하여 놈들은 부득이하여 채벌과 류송을 그만둘 수밖에 없었고 놈들은 "어허 아이고고!" 말만 들어도 머리칼이 꼿꼿 쭈뼛이 일어나 손에 홍건히 땀을 쥐며 벌벌 떨기만 했다고 한다.

서재에서(채록자 : 리룡득)

☀ 약수샘 이야기
··· 구술 : 안도현 명월구 청구촌, 1958 여름

지난 세기 20년대 초, 안노현 명월구 복수촌 동광툰 골안의 샘물을 약수샘이라 불렀으니 여기에는 이런 전설이야기가 전해져 내려오고 있다.

하루는 홍범도 장군 수하의 두 의병이 정찰을 나갔었는데 한곳에 이르니 다 말라버린 흙탕물 속에서 큰 고기 두 마리가 헐떡이고 있었다.

"아, 고기!"

그들이 집어보니 배가 똥똥 부른 것이 실로 먹음직스러웠다.

"자, 이것 보오. 배가 이렇게 똥똥 부른 걸 보니 틀림없이 알을 가득 밴 것 같구만. 우리 이걸 가져다 홍 사령님께 드립시다."

"옳소, 그렇게 하기요!"

그들은 그것을 정히 싸가지고 사령부로 돌아왔다.

그것을 받아든 홍 사령이 유심히 살펴보다가 말했다.

"나 먹은 나를 위해 정히 싸들고 온 그 마음은 실로 고맙소. 하지만 그건 안 될 일이요."

"어찌 안 될 일이란 말씀입니까?"

"그곳 물이 다 말라버린 곳에 알을 가득 품고 이처럼 살아 있는 것만 해도 조련치 않은 일인데 어찌 잡아먹는단 말이요? 그러니 얼른 이것을 저 명월강에 갔다 넣어주오."

이에 두 전사는 고기를 두 손에 받쳐 들고 강에 갔다 놓아주었다.

그로부터 얼마 뒤였다. 홍 장군이 방금 일어나 앉았는데 문이 배시시 열리더니 젊디젊은 두 녀인이 나타났다.

"아니, 부인들은 누구시오?"

"저 홍 장군님! 저희들이 바로 장군님께서 며칠 전 가상히 여겨 강물에 놓아주신 그 고기옵니다. 그 은혜에 보답하기 위하여 이렇게 찾아왔나이다."

"은혜라니, 사람이나 미물짐승이나 어려운 처지에 처했다면 제때 구해 주는 것이 의례 지킬 의리가 아니겠소?"

그러니 두 녀인은 눈물을 펑펑 흘리며 계속 말을 이었다.

"사실 사람마다 어디 그렇게 처사를 합데까? 사실 장군님의 하해 같은 념려로 인젠 수백수천 저의 자손들이 번영창성 아주 잘 살아가게 되었으니 어찌 가만히 있사오리까? 그래서 그 은혜에 다문 얼마만이라도 갚음하기 위해 이곳에서 멀지않은 곳에 약수샘이 있다는 것을 알려드리려 일부러 찾아왔나이다."

"뭐? 약수샘?"

"그렇나이다. 저 복수촌 동광툰 골안에 약수샘이 솟아 나오는데 이제 그 물만 떠다 마시면 왼간한 병은 가뭇없이 사라지오니 그리 아옵소서."

두 녀인은 이렇게 말하고 얼른 몸을 굽혀 절인사를 하고는 가뭇없이 사라졌다. 그때 마침 수하의 몇몇 젊은이들이 앓고 있는 때라 홍 장군은 사람을 띄워 그 약수물을 길어다 마시게 했더니 과연 얼마 안 되여 병이 말끔히 가셔졌다.

이로부터 이곳 샘터에는 많은 환자들이 모여 병을 잘 치료하게 되었다고 한다.

☀ 신선샘

… 구술 : 차송환 · 리최렬, 돈화시 발해가, 1987 여름

그리 오래지 않은 옛날, 안도 명월구 북산골 마을에 부지런하고 착한 청년농부가 살고 있었다. 한 해 농사 뼈 빠지게 일하여 좋은 풍작으르 거두었으나, 악착한 땅 주인 놈이 탈곡이 끝나는 대로 다 털어가고 보니 당장 끼니 이을 낟알조차 얼마 안 되었다. 애가 탄 젊은이는 궁리하다 못해 집에 남은 씨암탉 두 마리를 가지고 명월구로 팔아오게 되었다.

그것을 팔아 차입쌀 몇 되박을 사고 난 그는(차입쌀밥은 진기가 있어 그저 쌀에 비해 밥을 적게 해도 시간적으로 더 오래 먹을 수 있기에 일부러 차입쌀을 산 것이다.) 남은 돈으로 다만 한시각이라도 저주로운 이 세상을 잊기 위

해 선술 몇 잔을 사서 마시였다. 술기운이 오른 그는 밤이 깊자, 비틀거리며 다그쳐 집으로 가다가 그만 돌에 걸려 그 자리에 폭 꼬꾸라졌다.

어느 때나 되었는지 찬 기운에 몸이 오싹해나서 정신을 차리고 보니 언녕 북두칠성이 앵돌아 앉은 지도 오래인데 어쩐지 손발을 놀릴 수가 없었다. 장밤 호된 추위에 그만 꽁꽁 얼어버린 것이다.

"아, 이 일을 어찌하나?"

그가 애가 타서 흐느끼고 있는데 비몽사몽간처럼 그의 앞에 키가 훨씬 크고 건장하게 생긴 50대의 한 장정이 그의 앞에 나타났다.

"이 사람 젊은이, 너무 락망 말고, 기고 뒹굴어서라도 저 아래 산기슭에 있는 샘물께로 가게. 그리고 가는 대로 그 샘물을 량껏 마시고 손발을 담가 마음껏 씻게나."

그 말에 감동된 젊은이는 "고맙습니다. 그런데 누구십니까?"

"구태여 그건 알아 뭣하겠나. 아무리 살기가 어렵더라도 장래를 바라고 떳떳이 올바르게 살아야지, 그렇게 락망해서야 쓰겠나?"

"예. 그 말씀 아주 고맙습니다."

"나의 말이 옳게 들린다면 감사하네."

젊은 농부는 즉시 길가의 그 샘터를 찾아가 물을 마시고 손을 잠가 씻고 또 씻었다. 이윽고 팔에서 얼음이 쏙 빠져나갔는지 점차 동통이 멎었다.

이로부터 사람들은 그 샘물을 '은혜의 샘'이라 불렀는데, 그럼 밤중에 나타난 장정은 도대체 누구였을까?

그가 바로 홍범도 장군이였는데 그날 밤도 그는 명월구 일대의 일본 토벌대 놈들을 일망타진할 구상을 무르익혀 수하 군인과 더불어 남몰래 이곳 지형지물을 살피려 나온 걸음이였던 것이다.

전하는 데 의하면, 그 북산골에 사는 젊은 농군은 자기를 구해준 그

50대의 장정이 곧바로 홍범도 장군이란 것을 알게 되자, 한시 지체할세라 즉시 찾아가 대한민국 구국군에 탄원해 들어갔다고 한다.

✹ 마당떼 인삼을 얻은 이야기
··· 구술 : 오상인, 안도현 만보향, 1971

지난 세기 초엽인 1919년 초가을의 어느 날, 품에 권총을 지닌 젊은이 한사람이 당지(안도현 명월구)의 지형지물을 잘 살펴보기 위하여 산을 톺아 오르는데 의외로 눈썹까지 새하얀 로인 한사람이 마주 다가오더니 말했다.

"여보게 젊은이. 그대는 이곳 홍 장군의 대한독립구국군의 사람이 아닌가?"

"그렇습니다. 그런데 어떻게 그걸 아시는 겁니까?"

"하, 내 나이 많이 먹은 사람이 그만한 눈치도 없겠는가? 그럼 한 가지 부탁이 있는데 이제 명월구로 돌아가게 되면 나에게 큰 초모자 두 개만 사다주게. 내가 래일 이때 즈음해서 다시 와서 기다리겠네."

젊은이 생각에 큰 초모자 두 개씩이나 사다 달라며 돈 한푼 주지 않는 일이 좀 언짢기는 했지만, 그리하마고 공손히 대답한 뒤 그 이튿날 아침 일찍 장터에 나가 돈이 꽤나 가는 큰 초모자 두 개를 사가지고 그곳으로 다시 갔다.

그러자 약속내로 그 로인은 그 큰 초모자 두 개를 받아들더니, "참으로 고맙네. 이제 초모자 값은 래일 다시 와서 받아가게." 했다. 그러면서 "내 여기 와서 꼭 기다리겠네."라고 덧붙여 말했다.

그 젊은이 이튿날 다시 그곳으로 갔더니 로인은 전혀 보이지 않고 저만큼 산정에 초모자 두 개만 놓여있을 뿐이였다. 하도 이상한 생각이 든 젊은이가 그 초모자를 살랑 벗기고 보니 세상 이런 희한한 일이라구야! 그 초모자 밑마다에는 빠알간 열매를 떠인 큰 산삼 몇 뿌리씩 방긋방긋 웃고 있지 않겠는가?

이리하여 그 젊은이는 그 마당떼 인삼을 실뿌리 한오리 상할세라 조심히 캐여나 홍 장군께 바치었는데 그것을 팔아 대한독립군의 군자금을 훌륭히 해결하게 되었다고 한다.

✿ 왜놈 밀정을 처단
··· 구술 : 채만규, 안도현 송강진, 1984.12

1919년 말 홍범도장군이 백두산 기슭 밀림지대인 안도현 사문자 일대에서 활동할 때의 일이였다.

어느 날 이곳으로 사냥꾼 령감 하나가 몇 끼 밥조차 못 먹어 무서운 초기(憔氣)[7]가 들었다며 찾아 들어왔다. 그에게 밥과 반찬을 내주던 한 사람이 "이 일대는 왜놈들의 봉쇄가 심하여 소금이 아주 귀합니다. 반찬이 몹시 싱거울 텐데 많이 량해해 주시오."라고 했다.

"예, 예, 별 말씀도 다하십니다. 이거 너무나도 고맙습니다."

그 령감은 단숨에 밥을 다 먹고 나서 바람을 쏘이겠다며 이 골목 저 골목을 돌면서 부대군인들을 아주 열정적으로 위문했다.

이런 일이 있은 며칠 뒤 그 령감은 또 이 마을로 찾아왔는데 이번에

---

7) 맥진했거나 허기진 등 원의 원인으로 하여 더 이상 견딜 수 없는 지경에 이르다.

는 무거운 짐을 등에 지고 들어왔었다.

"이거 웬 짐입니까?"

전사들이 묻자 그가 말했다.

"대한독립군 의병대 여러분들이 이런 심산 밀림 속에 들어와서 고생이 막심한데 전번 날에 와서 소금도 없이 지내는 걸 알고 이렇게 좀 가지고 왔지요."

"아니, 왜놈들의 단속이 엄청 심한데 어떻게 오셨습니까?"

"하긴 그래서 비밀리에 구입해 두었던 걸 이리저리 일본 놈들 감시의 눈을 피해 아주 힘들게 왔지요."

"아니 그래도 어떻게……."

사람들이 까근히 따져 묻자, 그는 제쪽에서 도리어 낯색이 검으락푸르락해서 생사를 무릅쓰고 구사일생 찾아왔는데 오히려 의심스레 따져 묻는다고 푸념질을 했다. 이때 한 전사가 어느새 홍범도 장군께 뛰어가서 이 일을 보고했다. 그러자 홍장군은 더 따져 묻지 말고 여사여사해 보라고 일렀다. 하여 그 전사가 다시 뛰어와 그 령감이 지고 온 소금 짐에서 한줌을 꺼내어 밥에 살짝 버무려 밖에다 활 내던졌다. 그러자 그 마을 개 한 마리가 지나다 달려와 반반 핥아먹더니 졸지에 낑낑 소리와 함께 그 자리에 쓰러져 버렸다.

"령감, 그래 이게 우리를 위해 힘겹게 가져온 례물이요?"

그러자 그 령감은 낯색이 새파래서 발발 떨 뿐이었다. 워낙 이 령감은 당시 송강현성의 왜놈토벌대 본부의 밀정으로서 전번에는 사냥꾼으로 가장하고 이곳에 기여 들어와 항일구국군의 정황을 탐문해 보고함으로써 당시 돈으로 5천 원의 상금을 타 먹었고, 이에 아예 놈들이 내주는 소금을 지고 와서 항일구국군으르 몰살시키려 왔다가 그만 코밥을 먹게[8] 된 것이다.

하여 이 일본토벌대의 밀정 령감은 즉시 처단되고 놈들의 계책은 또한 번 파탄되고 말았다고 한다.

✍ 렬세한 무기로 왜놈들을 격멸
··· 구술 : 송영조 · 전룡빈, 안도현 명월진, 1986 여름

지난 세기 20년대 여름, 홍범도 부대는 왕청현 대감자 부흥촌이란 곳으로부터 연길현 이란구로 이동하게 되었다.

그들이 마을에 들려 식사할 준비를 하는데 바위 우에서 망을 보던 한 전사가 왜군 100여 명이 지금 전투서렬을 짓고 이곳으로 닥쳐오고 있다는 소식을 전해왔다. 홍범도 장군은 즉시 전사들더러 그 바위를 중심으로 포진하라고 명령했다. 이때 이런 일을 처음 당하는 마을 사람들은 몹시 당황해 했다. 이에 홍범도 장군은 친절하고도 침착하게 말했다.

"여러분, 안심들 하십시오. 우리가 있는 한 왜놈들은 감히 여러분들을 해치지 못할 것입니다. 모두들 집안으로 들어가 있고 총소리가 아무리 요란해도 절대 나오지 마십시오. 그리고 우리가 떠난 뒤 놈들이 행패를 부리면 항일구국군들이 억지로 마구 들이닥쳐 할 수 없이 당했다고 하시면 무사할 것입니다."

하지만 마을사람들은 불안과 의구심에 싸여 있었다.

"하지만 총과 기관총이 얼마 안 되는 이 군대들이 과연 총탄으로 빈틈없이 무장한 왜놈들을 당해낼까?"

이때 의병들은 바위 아래에 있는 수풀 속에 은신해 있다가 왜놈들이

---

8) '코밥을 먹다'는 '큰 코 다치다'와 같은 뜻.

다가오자 별안간 맹렬한 사격을 퍼부었다.

　불과 반시간 사이에 적들은 40여 구의 시체와 경기 두문과 많은 총탄을 버리고 도망쳐 갔다. 의병들은 승리한 뒤 다시 마을에 들려 촌민들을 위로한 뒤 식사를 마치고 목적지로 떠났다.

　이를 목격한 백성들은 "아무리 병력이 적고 무기가 렬세해도 잃어버린 나라를 찾기 위해 싸우는 군대야말로 세상무적이란 도리를 깨닫게 되었다."며 더욱 원호사업에 발 벗고 나서게 되었다고 한다.

항일명장 홍범도 활동 유적지 고찰(안해 서옥순과 함께)

석탄령에서 원쑤를 갚아주다

··· 구술 : 리항백, 천보산진, 1989 겨울

　1931년 "9·18"사변 후 일본 침략자들은 연변 로투구 탄광을 강점하고 락후한 생산설비와 원시적인 생산방법으로 략탈적으로 채굴 작업을 진행하다 보니 14년 사이 무려 1만 900여 명의 중국 탄광로 동자들이 일에 지쳐죽고 붕락사고와 가스폭발로 애매한 죽임을 당하였다.

이런 어느 해 하루 20대의 나 젊은 새 각시가 먼 곳으로부터 이 탄광에 돈 별러 온 남편을 찾아오게 되었다. 생활이 하도나 구차하여 그의 남편은 인신매매자들의 "로투구 탄광에 한 해만 가서 일해도 한평생을 고이 앉아 잘 먹고 지낼 수 있다."는 감언리설에 속아 결혼 열흘 만에 로투구 탄광 일을 왔던 것이다.

그런데 일 년이 썩 지나도록 소식이 없어 불원천리하고 찾아 왔었는 데 남편은 그림자도 보이지 않았다. 찾아온 지 며칠 만에야 남편이 얼마 전 갱내 폭발로 죽었는데 죽자마자 일본 놈 십장이 골짜기에 처넣어 버렸다는 것이었다. 하지만 이 억울 원통한 일을 어디 가서 하소연 할데도 없었다. 이에 이 녀인은 밤낮 침식도 잊은 채 남편의 이름을 부르며 대성통곡을 하였다.

그런데 이때 대한독립군 주력부대를 이끌고 연길현 의란구에서 명월구 쪽으로 오던 홍범도 장군이 석탄 령에서 대성통곡을 하는 이 녀성 등 몇몇 탄광로동자 가속을 맞띄우게 되었다.

그들 말에 의하면 남편을 찾아왔다 놈들의 가혹한 악행에 무고히 죽었다는 말에 앞길이 막막하여 이곳에서 스스로 목숨을 끊은 아낙네가 무려 10명이나 된다는 것이었다.

"예, 알았습니다. 그러나 우리 우선 이곳에서 간악한 일본 놈들을 요정내고 봅시다!"

이렇게 결연히 말하고 난 홍범도 장군은 즉시 이곳에서 탄광을 관리하는 일본 총령사관 경찰서 고등계 형사부장 쯔바이가 지휘하는 기병

수색대를 돌연 습격하여 불과 몇 분 사이에 28명 중 22명이나 격살하고 많은 무기를 로획하였다. 뿐만 아니라 탄광 관리 일본 놈들을 당장 붙잡아다 많은 돈을 앗아내여 그 녀인들이 고향으로 돌아갈 수 있게끔 조처해 주었다.

실로 신출귀몰한 이 행동에 룡정 일본령사관 놈들은 그 며칠이고 벌벌 떨면서 상급에 보고조차 못했다고 한다.

☞ 시아버지와 며느리지간의 애매한 사건을 해명
···구술 : 리백문, 길림성 통화시, 1977 가을

이름난 독립군사령관이며 조선민족의 걸출한 영웅인 홍범도 장군은 전 생애 기간 일본제국주의 강도 놈들과의 불요불굴의 피어린 투쟁에서 갖은 고난과 시련을 겪지 않으면 안 되였었다.

하여 한때는 무기 구입에 소요되는 군자금을 해결하고자 각지로 다니며 부두의 역군으로, 금광에서의 극히 고된 로동에 투신하였고, 한때는 시골에서 농사를 짓고 밀림 속을 누비며 포수질을 하면서 군자금 마련에 피와 땀을 흥건히 흘리기도 하였다. 그러면서도 당지 백성들의 애매한 가정의 대소사에 대해서도 알기만 하면 발 벗고 나서서 제대로 풀어주는 일들에 추호 등한하지 않았다고 한다.

아래의 사실은 그가 흑룡강성 밀산 일대의 군자금 마련을 위해 농사일을 하는 때(1915년~1917년 기간) 생긴 미담의 하나라고 한다.

그는 어느 날 이 마을 한집에서 보기에는 아주 점잖은 시아버지가 밤이면 늘 청상과부로 있는 며느리 방에 드나든다는 소식을 얻어 듣게 되었다. 참으로 우리 민족의 미풍량속을 흐리우는 그런 어지럽고 추잡한 일이 있단 말인가? 더구나 점잖은 량반 댁이라는 집에서?

하여 어느 하루 홍범도는 마을에서 참판으로 불리우는 그 리씨 로인을 찾아갔다. 그러자 리씨 로인은 며느리를 시켜 얼른 술상을 차리게 하고 술상이 들어오자, 홍범도한테 강권을 하면서 너무도 일찍 죽은 아들놈의 불효를 탓하며 그저 술잔만을 쭉 쭉 굽내는[9] 것이었다.

집으로 돌아온 홍범도는 낮의 인상이 이상한지라 그 수수께끼를 풀려고 자야밤중 슬그머니 다시 남모르게 리씨네 집을 찾아갔다. 과연 밤중이 되자, 리 참판은 부스스 일어나더니 건너 며느리 방으로 향하는 것이었다. 그는 며느리 방으로 다가가 문을 똑똑 두드리고 나서, "애야. 오늘밤은 아무 일도 없었느냐?"라고 묻는 것이었다.

그러자 며느리는 "예, 아버님, 아무 일도 없었사오니 안심하세요. 하지만 아버님, 인젠 밤기운이 몹시 찬데 조심하세요."라고 인사하는 것이었다.

홍범도가 며칠 밤을 지켜보아야 그들은 시아버지와 며느리지간의 각자 지켜야 할 도리만을 다할 뿐이었다. 그래도 어쩐지 좀 미진한 구석이 있어서 하루 저녁은 리 참판 로인이 깊이 잠든 틈을 타서 그의 탕건을 몰래 쓰고 나서 며느리 방으로 들어갔다. 그는 들어가자 바람으로 무작정 그녀를 와락 끌어안았다.

그러자 며느리는 발딱 이불을 박차고 일어나며, "아버님, 이게 대체 무슨 망녕이십니까? 그래 불행히 득병하여 죽어간 집의 아드님 뒤를 따라 나더러 이어 함께 가라고 이러는 겁니까?"

그러면서 얼굴을 막 싸쥐고 흑흑 흐느껴 우는 것이었다.

이로써 그 집 시아버지와 며느리지간의 애매한 소문의 진상을 파악

---

9) 그릇의 밑 부분인 '굽'이 드러날 정도로 한 방울도 남김없이 들이키는.

하게 된 홍범도는 다시 이 소문을 퍼뜨린 장본인을 사출(査出)해 내야겠다고 마음먹고 두루 알아보니, 그 소문을 퍼뜨린 자인즉 마을에서 패덕 패륜하기로 소문난 권 씨란 중년 사나이였다. 이에 홍범도가 그를 찾아가, "그래 네가 리 참판 어른이 밤중이면 늘 며느리 방에 찾아든다고 소문을 퍼뜨렸다는데 정말 친히 본 일이 있는가?" 하고 따졌다.

그러자 그 자는 그저 꺽꺽거릴 뿐 더 말을 못했다. 이에 홍범도는 그 패덕한 자를 관가에 고발하였고, 관가에서는 그자를 엄하게 추궁하게 되었다. 그러자 그 자는 몇 달 전부터 리 참판 댁 며느리를 노려 그 몇 번이고 밤중이면 뛰어들었다가도 야순하는 시아버지 때문에 끝내 성사 못하게 되자, 그런 엉뚱한 소문을 퍼뜨려 개꼴망신을 시켜 나중에는 마을에서 못살게 쫓아 버리려 했다는 사실을 그대로 자백할 수밖에 없었다.

이렇게 홍범도장군은 조선독립을 위해 고심초사하는 나날에도 우리민족 가정의 대소사에 대해서까지도 전혀 등한시하지 않았다고 하니 그 당시 사람들은 여간 탄복해마지 않았다고 한다.

☞ 더덜기산과 번개령
··· 구술 : 김일룡, 1983 가을

중국 길림성 림강현 이도강 마을 주변에는 더덜기산과 번개령이란 령 하나가 있는데 그 이름에는 홍범도 장군이 지휘하는 대한구국군이 마을 백성들의 적극적인 협조 하에 일본군 놈들을 보기 좋게 쓰러눕힌 이야기가 스며져 있다.

• 더덜기산

1920년대 홍범도 장군은 이 일대에 가서 일본토벌대 놈들을 호되게 족치였다. 이에 통화성 일본수비대는 뺀지골이란 별명을 지닌 중대장에게 발끝까지 무장한 100여 명의 군대를 선발시켜 주어 토벌하도록 명령하였다. 이에 그 자는 이도강 마을에 군대를 주둔시켜 놓고 마을을 엄밀히 봉쇄하였다. 하여 구국군과 백성들 관계과 일시 단절되게 하였다.

그런 어느 날, 이도강촌의 영순이란 처녀가 다래끼에 칼을 든 처녀들을 동원하여 산으로 더덜기를 캐러 떠났다.

"어디로 가는 거야?"

총을 꼬나든 토벌대 놈의 말에 영순이가 대답하였다.

"더덜기 캐러 가요."

"그런데 왜 괭이가 아닌 칼을 가지고 갔소까?"

"호호 참, 우리 연약한 여자애들이 어떻게 괭이질을 해요? 오히려 칼로 캐는 게 훨씬 낫지요."

"오, 그랬소까?"

보초병 놈들은 비껴들었던 총창을 내리웠다.

그러자 처녀들은 흥겹게 노래를 부르면서 산으로 들어갔다. 그로부터 반나절이 지나자 처녀들은 더덜기를 가득 캐가지고 나왔다. 그들은 이런 방법으로 홍 장군의 항일구국군과 련락부절 련락을 취했는 바 이로부터 사람들은 처녀들이 더덜기 캐러 다닌 그 산을 더덜기산이라 부르게 되었던 것이다.

• 번개령

어느 날 이도강 마을의 김 씨란 로인이 뺀지골 왜놈 중대장을 찾아갔다.

"오는 아무 날 저의 손녀의 잔치날인데 차린 것은 별로 없지만 모쪼록 전체 분들을 데리고 참석해 주신다면 더없는 영광으로 생각하겠나이다."

"그래 신랑은 어데 있소까?"

"저, 예서 5리 떨어진 송진골에 있수다. 그러니 이제 우리 손녀가 가마에 앉아 그리로 가게 되는데 그때 잊지 말고 꼭 와주십시오."

"예, 알았소까."

뺀지골은 일찍 그곳에 홍범도 의병들이 자주 출몰한다는 말을 들었던 차라, 이제 그곳에 가서 먹고 마실 겸 의병들을 말짱 소멸해 치운다면 이에서 더 좋은 일이 없다고 속궁리를 했던 것이다.

그날 그 중대장 놈이 백여 명 토벌대 놈들을 이끌고 가서 마을의 주위부터 참빗질하듯 샅샅 훑어보았으나 수상한 사람이라곤 하나도 없었다.

"에라, 인젠 맘 놓고 신랑 댁에 가서 흔자만자[10] 먹고 마시다 돌아가자꾸나."

그들은 그날따라 날씨가 아주 좋은지라, 신랑 댁 마당에 뻗어버리고 앉아 질탕 먹고 마시기 시작했다. 어찌나 처먹고 마시였던지 놈들은 그만 세상이 록두알만치 되어 늘어져 코를 골기 시작했다. 바로 그때 대기하고 있던 홍범도 부대 용사들이 번개같이 나타나 놈들에게 명중탄을 퍼부었다.

이리하여 이 전투에서 홍범도 의병대는 마을사람들의 협조 밑에 놈들을 일망타진 전멸하고 총 백여 자루나 로획하는 대전과를 이룩했다.

또 이런 통쾌한 일이 있은 나음부터 사람들은 흥에 겨워 아무 곳은 더덜기산이요, 아무 곳은 번개령이요, 하고 부르게 되었다고 한다.

---

10) 무엇을 자유자재로 소비하거나 먹는데 있어서 수량적으로 구애됨이 없이 많다는 뜻.

✿ 산요토월(山腰吐月)이라 불길지상(不吉之相)이로다
··· 구술 : 리종륜 · 리종만, 안도현 봉녕구 구일툰

지난 세기 20년대 초 어느 날, 항일군은 고사하고 개미 한 마리도 얼씬하지 못한다고 장담하던 명월구 경찰서의 양철지붕에 기관총탄이 쏟아져 삽시에 벌집처럼 되어 버렸다.

야밤도 아닌 초저녁, 그도 코앞에 있는 동산 쪽 총탄사격을 당하자, 부임해온지 얼마 안 되는 경찰서장 놈은 깜짝 놀라 동산 쪽만 퀭하니 바라보았다. 보니 쟁반 같은 보름달이 산 옆구리에서 삐주름 얼굴을 내미는지라 기겁하여 수하의 졸개를 보고 그 연유를 물었다.

"서장 각하, 듣자오니 예로부터 산요토월(山腰吐月)하면 불길지상(不吉之相)이라 하였은즉, 아마도 우리에게 불길한 징조인가 보나이다."

"그래?"

"예, 암만해도 항일군 놈들이 불원간……."

"그래 홍범도 구국군 토비들이 저 산속 어디엔가 숨어 있다가 단박 습격해 내려온다 그말이지?"

"예, 예, 모르긴 해도……."

이에 경찰서장은 경찰을 몽땅 동원하여 앞산으로 내몰았다.

그리고 인차 뒤따라 나가려고 하는데 차조구 경찰분주소에서 긴급전화가 따르릉 걸려왔다. 지금 숱한 토비들이 들이닥쳐 무기와 탄약을 털어 가려하니 얼른 구원병을 급히 파견해 달라는 것이었다. 이에 경찰서장은 화가 나서 욕설을 퍼부었다.

"이 못난 자식들, 오늘따라 이곳 앞산 옆구리로 달이 토해 나오니 특별히 경비를 엄히 하라고 일러두지 않았더냐? 정, 당해내지 못할 것 같으면 무기를 가지고 뒷산에 올라가 잠시 피신해 있다가 밤중이면 내려

오라고 그 몇 번이고 당부하지 않았더냐? 정, 위험하면 지금이라도 늦지 않았으니 어서 뒷산으로 달아나란 말이다."

경찰서장이 이렇게 한창 욕사발을 퍼부으며 훈계하는 사이 다섯 명 '토비'들은 명월구 경찰서에 쥐도 새도 모르게 들이닥쳐 서장을 체포했다. 그리고 그의 몸에서 총과 칼을 빼앗아낸 다음 호령했다.

"자, 어서 우리와 함께 방금 토벌에 나간 놈들께로 가서 아무 일도 없으니 경창서 안으로 들어오라고 해! 시키는 대로 안하면 황천에 갈 줄 알렸다.!"

"예, 예, 그저 시키는 대로 하겠나이다. 제발 이 목숨만 살려주시우다."

경찰서장 놈은 나가자마자 산을 기어오르는 놈들을 향해 멱따는 소리를 쳤다.

"자, 어서 경찰서 안으로 되돌아 들어왓!"

그자들이 어리둥절해 들어오자 경찰서장은 또 소리쳤다.

"자, 제군들은 들으라. 오늘 저녁은 태평무사하니 어서 총들을 걸어두고 제 숙소에 들어가 쉬도록 하렸다!"

이에 놈들은 서장의 분부대로 총들을 한곳에 모여 놓고 숙소로 들어가려 서둘렀다. 이때 그 항일유격대원 다섯은 얼른 나서서 "어느 놈이든 까딱 움직이면 죽여 치운다!"는 소리와 함께 그 총들은 반반 걸어가지고 빠져 나왔다.

이 일을 당한 뒤 왜놈 지휘부에서는 명월구 경찰서장 놈을 데려다 총살해 치우고, 기타 놈들에게는 비보통이라 임한 채씩저벌을 안겨주는 것으로 홍범도 의병대에 대한 분풀이를 했다고 한다.

🐾 청년을 구해준 의병들
··· 구술 : 김서용 · 리향박, 룡정시 천보산

옛날 로투구로부터 동불사에 이르는 산간지대에는 가축가금이 아주 잘 자라 실로 발 옮겨놓을 자리마저 없었다고 한다.

헌데 어느 때부터인가 승냥이 떼가 횡행하여 집집마다에서 닭울음소리가 끊기게 되고 마을마다에서 소와 돼지의 해골이 무더기로 쌓이게 되었다. 이에 사람들은 이곳이야말로 하느님이 까닭 없이 무서운 벌을 내려 못살 곳이라 하여 분분히 다른 곳으로 이사를 가게 되었다.

이때 이 마을에 있던 철쇠란 총각도 분연히 마을을 등지다가, "피가 씽씽 끓는 나이에 승냥이 떼가 두려워 도망치다니? 이는 너무나도 비굴한 일이로다."라는 생각이 갈마들어 다시 돌아와 그날부터 덫이며 옹노, 창을 만들어 승냥이를 잡기 시작했다. 그는 승냥이 한 마리를 잡으면 조약돌 한 개씩 주어다 성황당 앞에 놓아 두군 하였다.

날이 가고 달이 바뀜에 따라 돌무더기는 높아만 갔지만 번식력이 강한 승냥이들은 좀체 줄어들 줄을 몰랐다. 어느 한번 그는 승냥이 두목의 새끼를 잡게 되었는데 그 승냥이 두목은 수백 마리 승냥이를 불러와서 그에게 달려드는 바람에 그는 물리우고 할퀴워서 전신에서는 피가 랑자하게 뚝뚝 떨어졌다.

그는 간신히 성황당 돌무더기 꼭대기에 기어올라 갔지만, 승냥이들은 올라오지 못하는 대신, 밑에서 사면으로 그를 포위한 채 으르렁거리고 괴상한 소리로 울부짖으며 종시 떠날 렴을 아니했다.

철쇠는 별수 없이 "하느님, 하느님, 전지전능하신 하느님, 저를 살려주십시오!" 하고 련사흘이나 애절 통절히 빌고 빌었다.

이렇게 련사흘 낮과 밤을 물 한 모금 마시지도 못했으니 그 처경이야 더 말해 무엇하겠는가! 그런데 나흘째 되는 날이었다. 사방에서 무서운 총소리가 콩 볶듯 요란히 울리더니 승냥이들이 애처로운 비명을 내지르며 무더기로 쓰러지는가 하면 삼십륙계 줄행랑을 놓아 달아나는 것이었다.

"이 어찌된 구원의 총소리일까?"

철쇠 청년이 겨우 정신을 차리고 도정신(都精神)[11]해 보니 숱한 군대들이 총으로 승냥이를 족쳐 자기를 구해주는 것이 아니겠는가!

"자, 인젠 어서 내려오시오!"

"무도한 짐승들에게 얼마나 고생했소?"

알고 보니 그들은 바로 이곳을 거쳐 명월구로 행하던 홍범도 장군의 대한구국군 일행이었던 것이다.

"아, 진정 나를 구해준 것은 그 무슨 하느님이 아니라 홍범도 장군님이시였구나."

철쇠는 그제야 진정 세상 구세주는 대한민국의병대라는 것을 절실히 깨닫게 되었다. 또 이로부터 이 고장에는 인가호통(人家胡同)[12]이 늘어나고 가축가금 떼가 흥성하게 되었다고 한다.

✿ 벼농사를 잘 짓게 도와주다
… 구술 : 최금녀 · 최을선, 안도현 구일라자 마을, 1956 여름

그리 오래지 않은 때 명월구 북쪽 깊은 골안에 두만강을 건너온 조선집 여남은 호가 농사를 지으며 살아가고 있었다. 그런데 오자마자 서둘

---

11) 정신을 크게 집중한다는 뜻.
12) 사람이 거주하는 길목 또는 지역.

러 논을 풀었는데 논물이 턱없이 부족해 벼농사가 잘 되지 않았다. 이때 중 하나가 마을에 동냥을 왔다가 농군들이 이 일로 골머리를 앓고 있는 것을 보고 말했다.

"다른 여늬 고장에 비해 물이 적바른 것은 부처님을 모시지 않은 데서 입네다. 지금이라도 늦지 않으니 돈을 모아 절을 짓고 부처님을 모셔야 합니다."

"글쎄요. 그럼 절에는 도사가 있어야 할 게 아니요?"

"그건 걱정 마시우다. 절이 다 되고 불상을 모시게 되면 제가 와서 도사질을 할테니까유."

이리하여 남정네들은 산의 나무를 채벌해 팔고, 부녀자들은 철따라 나물을 뜯어 팔고, 약재를 캐여 팔아 드디어 절을 짓고 부처님도 모시게 되고 그 중을 모셔다 도사님으로 앉이었다. 그런 다음 도사의 분부대로 어찌하나 가물이 들지 말아 벼농사가 잘 되게 해달라고 매일이다시피 절에 가서 손이야 발이야 빌고 또 빌었다.

허나 이렇게 명심했으나, 벼 풍년은 고사하고 왕가물이 계속되여 여전히 논농사가 엉망이었다. 하긴 물 부족으로 논에 물을 충족히 못 대는데 벼가 잘 될 수 있겠는가?

이때 마침 홍범도 장군 부대가 명월구에 왔다가 이 일을 알게 되였다. 홍범도 장군은 몇몇 수하인원들과 함께 이 마을에 찾아와 지세를 자세히 돌아보고 나서 촌민들을 불러놓고 말했다.

"여러분! 제가 보니 이 작은 고개 하나만 넘으면 큰 강물이 용용 소리치며 흐르는데 이제 물도랑을 빼 그 물만 끌어들인다면 벼농사가 아주 잘 될 것 같습니다. 물 부족으로 논농사가 안 되는데 공연히 절을 짓고 도사를 모신다고 물이 저절로 하늘에서 흘러들겠습니까? 이 모든 것은 그 요귀 같은 도사란 작자의 작간이오니 지금이라도 그 자를 쫓아

버립시다!"

듣고 보니 천만지당한 처사의 말씀이었다. 하여 촌민들은 그 건달뱅이의 소위 도사를 내쫓고 힘을 합쳐 수로를 빼 물을 끌어들임으로써 벼농사를 훌륭히 짓게 되었다고 한다.

신을 거꾸로 신겨 왜놈들을 미혹시키다
··· 구술 : 차성준, 돈화현 홍석향 일심툰, 1959 가을

1919년 겨울, 홍범도 부대는 200여 명의 정예대오를 이끌고 혜산진 일본군수비대를 공격하기 위하여 길을 떠나게 되었다. 그들은 산발을 타고 가던 도중 눈길에 지친 데다가 초기까지 들어 한 농가를 찾아 들었다가 다시 떠나게 되었다. 그러나 그들이 다시 떠난 지 반시간도 채 안되어 왜군의 추격을 받게 되었다. 의병부대는 거리상에서 왜놈들보다 멀리 앞섰으나 지난밤에 내린 눈으로 하여 발자취를 감출 수가 없었다.

홍범도 장군이 앞길을 내다보니 자동차바퀴가 굴러간 자리가 나있고 그 옆에는 싣다만 통나무가 널려 있었다.

이에 홍범도 장군은 전사들더러 얼른 통나무에 앉아 애써 신을 거꾸로 신으라고 명령했다. 신을 거꾸로 신자 홍범도 장군은 대오를 이끌고 곧추 령을 톺아 올랐다가 서서히 골짜기로 내려갔다.

이때 헐레벌떡 의병을 추격해온 왜놈들은 가뭇없이 사라진 발자국으로 하여 이인이 빙빙해졌다. 발자국이 있다면 산비탈을 넘어 이곳으로 곧추 내려온 발자국뿐, 그리고 여기서부터 왼쪽으로 갓 빠져나간 자동차의 흔적뿐이었다. 그러니까 의병들은 여기까지 와서 자동차에 앉아

어디론가 내뺀 것이 분명했다.

"음, 그럼 그렇겠지. 틀림이 없어!"

이렇게 추단한 왜놈들은 의병부대를 전멸하기 위해 지름길을 택했다.

이윽고 자동차와 맞다든 왜놈들은 사정없이 총탄을 퍼부었다.

실상 자동차에 앉은 건 신축할 병영 망루 재료를 실으러 왔다 가는 왜놈 운수병들이었다. 자동차에 앉은 왜군들은 뜻밖의 총 사격에 부딪치자, 의병대가 습격해 온 줄 알고 죽어라고 속력을 가해 달아났다.

한편 이편 토벌대 놈들은 죽어라고 내빼는 걸 보자, 틀림없이 의병대라 속단하고 더더욱 무서운 총탄에다 대포까지 들씌워 자동차는 그만 앉은뱅이가 돼버리고 그 우에 앉았던 운수대 놈들은 모두가 황천객이 되고 말았다.

이와 때를 같이하여 홍범도의 의병대는 콧노래도 흥겹게 또 한 골짜기를 넘어 힘찬 발걸음을 내디디고 있었다.

이렇게 홍범도 장군은 전사들더러 잠시 신을 거꾸로 신게 하여 놈들을 미혹시킴으로써 예기의 목적-혜산진 일본수비대 습격에서 빛나는 전과를 올렸다고 한다.

☞ 머슴청년들을 흡수하여 군자금을 해결
··· 구술 : 오상인, 중국 길림시

그리 멀지 않은 때 길림성 시리허란 조선족 마을에 부잣집 머슴을 살아가는 박건이란 총각이 있었다.

하루는 그가 자신의 신세한탄을 하며 일하러 가던 걸음이 강가를 지나는데 웬 사람이 쓰러져 있었다. 보아하니 초기진[13] 사람 같았다. 하여 그는 자기가 점심 요기를 하려고 지니고 가던 주머니에서 강냥떡을 꺼내 그에게 조금씩 먹이였다. 그랬더니 그 사람은 정신을 추고 일어나 감사를 들이였다.

그 이튿날 박건이란 머슴총각이 또 그곳으로 지나가게 되었는데 그 청년이 또 쓰러진 채 누워 있었다. 헌데 그의 손에는 샛노란 금부스레기 같은 물건이 쥐여져 있었다. 박건이 얼른 강냥떡을 꺼내어 먹였더니 그는 인차 개복해 일어나더니, "정말 고맙소." 하고 련신 감사를 표하였다.

박건이 "도대체 당신은 누구이며 손에 쥐여져 있는 것은 무엇입니까?" 하고 물었더니, 자기는 홍범도 구국군 의병대의 한 의병인데 군자금 마련을 위해 사금 캐러 이곳으로 왔다고 하였다.

"오, 홍범도 장군님의 의병대라구요? 난 일찍 당신들은 일본 강도 놈들을 내쫓고 잃은 나라를 찾아 싸우는 의로운 군대란 말을 많이 들었습니다."

그러면서 자신의 불우한 신세를 말하며 자기를 의병대에 받아 달라고 간청했다. 하여 그는 곧 그 청년군인의 일진으로 홍범도 장군 의병대에 참가하였고, 그들과 함께 사금을 캐어 군자금을 적잖게 해결하게 되었다고 한다.

이렇게 홍범도 장군 의병대는 가난하고 불우한 청년들을 많이 흡수하여 점차 불패의 무장대오로 확장되었는데 나중 한때에는 무려 3,500여 명의 끌끌한 청년무장대오로 결성되어 일본 침략자들을 여지없이 호되게 족치게 되었다고 한다

---

13) '허기진'의 연변식 표현.

의병을 따라 원쑤를 갚다

··· 구술 : 김경국, 안도현 석문진 유수천촌

그리 멀지않은 옛날, 안도현 유수천 마을에 최 생이란 젊은이가 살고 있었다. 살림은 비록 어려웠으나 꽃 같은 안해와 더불어 농사일을 하여 오순도순 깨알이 쏟아지게 살아가고 있었다. 헌데 일본 놈들의 마수가 이곳까지 뻗쳐오자 살림은 엉망으로 되어버렸다.

어느 하루 그의 안해가 외진 산자락 일 밭으로 나갔다가 똥별 하나를 단 왜놈 소대장을 만나게 되었다. 그놈은 능글지게 다가오더니 그녀를 와락 끌어안았다. 최 생의 안해는 기겁하여 소리를 내지르며 집으로 줄행랑을 놓았으나, 그놈은 함께 온 졸병 놈더러 최 생의 안해를 뒤쫓아 잡아오게 하고, 그녀를 억지다짐 실컷 수욕을 채우고 나서, 뒤따라 졸병 놈더러 마음껏 릉욕을 하도록 했다.

이에 최 생의 안해는 간신히 산자락 바위에 기여올라 사품치며[14] 흐르는 강물에 몸을 던져 자결해 버렸다. 이런 가경[15]을 당한 최 생은 통분하기 그지없었으나 그렇다고 이 철천지 원쑤를 대적할 힘은 없고, 그래서 날마다 술에 만취가 되어 허송세월을 보내기만 하였다.

그런 어느 하루 농사일도 무관해 망친바하곤[16] 산삼이나 캐여 돈이나 벌어 가지고 타향살이를 떠날 생각으로 깊은 산으로 들어갔다. 헌데 운수불길(運數不吉)한 그인지라 며칠 헤맸으나 산삼 그림자도 보아내지 못했다. 그는 실망한 나머지 마지막 한 병의 술을 꿀떡꿀떡 단숨에 다 마셔버리고 정신을 잃고 말았다. 그로부터 시간이 얼마나 흘러 지났는

---

14) 물살이 부딪치며 세차게 흐르는 것을 나타낸 말.
15) 가경(家境)은 집안처지, 가정상황을 뜻하는데, 원래는 집안의 경제상황을 이르던 말.
16) "이미 망쳐버린 이상에야", 또는 "이미 망친 바에야" 의 뜻.

지 그를 흔들어 깨우는 인적기가 나기에 간신히 눈을 떠보니 건장한 군인 두 사람이 그를 지켜보고 있었다.

"아니 젊디젊은 사람이 무슨 일로 이런 심산 속에 와 정신 잃고 쓰러져 있소?"

그 말에 최 생은 간신히 일어나 앉으며 맥없이 대답했다.

"뉘신지 모르겠지만 말도 마시오. 나 죽기를 원해 이렇게 홀로 와 있는 거요."

"아니, 앞길이 만리 같은 사람이 무슨 심사 있어 벌써 죽기를 바란다는 거요?"

이에 최 생은 저도 모르게 눈물범벅이 되어 자신 신상의 불우한 경력을 하나 숨김없이 말하기 시작했다.

그의 말을 다 듣고 난 그 두 군인은 "듣고나니 과시 기막힌 일이구만. 하지만 그런 일을 당했다고 락망만 해서야 되겠소? 벋디디고 일어나 원쑤를 갚아야지요!"

"원쑤? 나 같은 쇠몽둥이 하나 없는 놈이 어떻게 왜놈들과 해낸단 말이요?"

"해낼 수 있구 말구요!"

"그럼 어떻게 해낸단 말이요?"

"그럼 어서 일어나 우리와 함께 갑시다!"

"어디로요?"

"멀지 않습니다. 어서 우리와 함께 가면 알게 될 것입니다."

"그렇다면 어디 가봅시다."

하여 최 생은 그들을 따라 산을 넘고 강을 건너 드디어 오게 되었으니 그곳인즉 바로 명월구였다.

하여 그는 곧 홍범도 장군 구국군에 가입하게 되었고, 그로부터 얼마 안 되여 유수천 왜놈들 병영을 습격함으로써 안해의 원쑤를 열 배 스무 배 아니 백 배 천 배로 통쾌히 갚게 되었다고 한다.

농민들과 함께 일하면서 이야기와 민요를 수집(1973년 안도현 석문진)

✸ 불효자 저놈을 매우 쳐라!
… 구술 : 김기선, 안도현 영경향 조양촌

지난 세기 초, 명월구 근방 어느 마을에서 생긴 일이라고 한다.
지방 순시를 나갔던 의병 두 사람이 한 시골 사나이를 잡아왔다.
"이는 웬 사람이냐?"

"천하 막심한 불효자식이라 보다 못해 이렇게 잡아왔습니다."

"그래 어떻게 불효한 놈이란 말이냐?"

"이제 사령관님께서 직접 문초하시면 자연 아시게 될 것입니다."

"그래? 그럼 어디 알아보도록 하리라."

홍범도 사령은 그 자를 심문하기 시작했다.

"너 올해 몇 살이냐?"

"스물두 살에 나옵니다[17]."

"어디 사느냐?"

"저 구룡평 앞마을에 삽니다."

"그래 네 잡혀온 죄를 스스로 이실직고하렸다."

"예. 저는 얼마 전 남의 중매로 강 건너 마을 한 처녀와 맞선을 보게 되었는데 그 여자의 말인즉 나이를 먹어 사족을 바로 못 쓰는 시부모가 없는 단촐한 총각네 집이고야 시집을 가겠다고 하였나이다."

"오, 그래서?"

"그런데 저의 집에는 칠순에 나는[18] 년로한 로모가 있기로…."

"그래 그 로모를 어찌하려 했느냐?"

"저, 로모를…."

"왜 꺽꺽거리기만 하느냐? 어서 이실직고 하렸다!"

"그래서 오늘 아침 남모르게 어머니를 깨워 '나들이를 떠납시다.' 하며 앞세우고 길을 떠났습지요. 한참 가다가 저는 전날 파놓은 구덩이 앞에 가서 '어서 이 구덩이 안으로 들어가시오!' 하고 큰소리를 쳤지요."

"그래서?"

"그제서야 눈치를 챈 어머니가 '애야, 아무리 그러기로 늙은 에미를

---

17) "스물두 살의 나이옵니다." 즉 "나이가 스물두 살입니다."라는 뜻.
18) "칠순의 나이는" 즉 "칠순의 나이가 된."의 뜻.

이렇게 파묻어 죽일 작정이냐?' 하겠지요."

"저런, 그래서?"

"그래서 저는 '별수가 없소. 나이를 먹어 밥 축만 내는 어머니가 있어 색시가 시집을 안 오겠다니 낸들 무슨 방법이 있겠소?' 하며 어머니를 구덩이에 떠밀어 넣고 한 삽 두 삽 흙을 막 떠 넣는데 그만 어느 때부터 산 숲에 숨어 저의 언행을 지켜보았던지 두 사람이 벌떡 뛰쳐나오더니 저의 어머니를 구덩이에서 부축해 내온 다음 다짜고짜 저를 이렇게 잡아끌고 예까지 왔겠지요."

"음 이놈, 그런 무도 불측한 여자에게 장가를 들기 위해 자기를 낳아 애써 키운 어머님마저 묻어 죽이려 든 천하불효 녀석 같으니. 자, 이 사람들아, 어서 이 불효자 놈을 매우 쳐라!"

"예, 알겠습니다."

그러자 미리 대기하고 있던 군인 몇이 나와 그가 다시는 절대 그런 불측한 일이 없도록 하겠다고 곤백 번 맹세할 때까지 모진 매를 안겼다.

그리고 인차 그 처녀까지 호출해다 호된 질책을 안겨 회과자신하게 하고 드디어 결혼해 늙은 어머니를 모시고 잘 살아가게 했다고 한다.

● 감자폭탄으로 천당으로 날아간 왜놈들
… 구술 : 신동훈, 백두산 초대소, 1984 겨울

1919년 여름, 대한독립군의 두 전사가 통신련락을 갔다 오다가 로투구의 부르하통하 강에서 왜군 두 놈이 강변 풀숲에 총 두 자루를 벗어 놓은 채 목욕을 하고 있었다.

"옳지 됐다."

그들 두 사람은 가만가만 기어들어가 풀숲에 엎드려 있다가 놈들이 주의하지 않은 틈을 타서 총 두 자루를 걷어쥐고 인차 돌아섰다. 하지만 그들의 행동은 인차 놈들에게 발각되었다. 그놈들은 얼른 물속에서 뛰쳐나와 맨 빤쯔 바람에 쫓아왔다. 두 독립군 전사들은 얼른 총으로 놈들을 조준해 방아쇠를 당겼다. 그런데 격침은 철컥 소리만 낼 뿐이었다. 놈들은 만일을 경계하여 탄창에서 일찌감치 탄알을 뽑아 다른 곳에 숨겨 버렸던 것이다.

"이놈들, 어서 총을 내놔!"

그러자 두 전사는 서로 눈치질을 하고나서 품속에서 주먹떼만한 무늬가 아롱아롱한 '작탄' 한 개씩 꺼내 들었다. 이것은 실상 그 무슨 작탄이 아니라, 다니다가 배고플 때 먹는 구운 감자였는데 총 없는 그들은 만일에 대비하기 위하여 작탄처럼 겉을 어룽어룽하게 만들어 가지고 다녔던 것이다.

"옛다, 이 작탄 맛이나 봐라!"

두 전사는 능숙한 일본말로 웨쳤다. 저게 바로 그렇듯 위력이 더없이 무섭다는 작탄이 아닌가? 놈들이 뛰여오다 멈춰 서서 전신을 와들와들 떨고만 있을 때 두 전사가 소리쳤다.

"자, 살겠으면 어서 뒤로 돌아서서 빨리 감춰둔 탄알을 고스란히 꺼내놓고 달아낫!"

그 말에 놈들은 제정신 없이 뛰어가더니 탄알을 내놓고 옷이고 뭐고 벌거벗은 채 길 쪽으로 내뛰었다. 이때 두 전사는 번개같이 장탄하더니 내뛰는 두 놈에게 명중탄을 퍼붓고 유유히 본거지로 돌아왔다.

홍범도 장군은 그들 두 전사의 귀환을 치하하고 나서 그 총을 그들에게 선사해 사용하게 했다고 한다.

🐾 상사병 젊은이의 병을 뚝 떼주다

　… 구술 : 허문

　홍범도 장군이 1919년 봄, 명월구에서 대한독립군을 창설하고 사령관으로 일할 때에 생긴 일이라고 한다.

　그때 명월구에 세상 가장 절친한 두 친구가 살아가고 있었다. 그런데 그중 한 친구가 영문 모를 병에 걸려 앓는 친구에게 도대체 어찌된 일인가를 캐물었으나, 그는 죽어도 그 병 원인에 대해 말하려고 하지 않았다. 이때 홍범도 장군 부대에 한 나이 지숙한 군의가 있었는데 그는 이 일을 알자 곧 그 환자를 찾아갔다. 헌데 그 군의 역시 아무리 물어도 그 사람은 여전히 병이 든 원인에 대해서는 함구무언 말하려고 하지 않았다.

　"그 원인에 대해 말하지 않으면 절대 병을 치료할 수가 없소. 앞길이 만리 같은 사람이 살겠거든 솔직히 말하오."

　그러자 그 청년은 자기가 병에 걸린 원인에 대해 매우 쑥스러워하며 가만히 말했다. 이에 군의는 병든 청년의 친구 부부를 찾아 그 사연을 세세히 말해준 다음 여사여사 처사하라고 일러주었다. 이에 병든 청년의 친구 부인은 각각 부동한 술병 다섯 개에다 똑같은 술을 넣어 가지고 남편 친구를 찾아갔다. 그러자 상사병에 걸린 남편 친구는 너무 기뻐 즉시 일어나더니 자기 안해더러 술상을 차리게 했다.

　그러자 친구의 안해는 가지고 간 다섯 병의 술 마개를 따고 잔마다에 술을 가득 부어놓고 남편 친구더러 마셔 보라고 하였다.

　"맛이 어떠세요?"

　"카― 맛이 좋구만. 참말 별맛이요."

　"그럼 이번엔 이쪽 병 술을 마셔 보세요."

"아, 맛이 좋구만!"

이렇게 다섯 잔의 술을 차례로 다 마시게 한 뒤 넌지시 물었다.

"저, 이 다섯 병 술맛이 어떤가요?"

"저, 저…"

남편의 친구는 그제는 더 말을 얼버무렸다.

그것은 술병은 제마끔[19] 달랐으나, 그 속의 술맛은 일률로 똑같았던 때문이다.

이에 친구의 안해가 웃으며 말했다.

"자, 봐요, 술이나 녀인이나 모두가 똑같은 거예요. 겉으로 보건대는 녀인마다 모두 다를 것 같지만 알고 보면 거기가 거긴 거예요."

친구 안해의 말에 이 녀인으로 하여 상사병에 걸렸던 친구는 문득 크게 깨닫게 되었다.

집에 현숙하고 아름다운 안해를 두고도 친구의 안해를 못내 탐해 상사병에까지 걸리게 되었으니 이렇게 부끄럽고 면구스러울 바이라구야!

이렇게 홍범도 의병대의 의관(醫官)의 묘방으로 하여 괜히 앓던 젊은 이의 상사병은 가신듯 뚝 떨어지고 다시 쾌차해 일어나 생업에 힘쓰게 되었다고 한다.

● 왜놈을 족쳐 총 두 자루를
··· 구술 : 최민수, 안도현 명월구 신선동, 1956

지난 세기 초(1918년) 여름의 어느 날, 명월구 서쪽 외진 마을에 백청

---

19) '제각각'의 연변식 표현.

순네 젊은 부부가 살고 있었다.

어느 날 일본놈 군관 한 놈이 수하 병졸 하나를 데리고 호젓한 청순 네 집 뜨락 배자문을 급급히 열고 들어섰다. 미처 몸을 피할 새 없는 청순의 안해가 남편을 보고 말했다.

"저놈의 꼬락서니를 보니 워낙 여자라면 오금을 못 쓰는 강도 놈들이라. 그래서 무작정 들이닥치는 같은데 우리 어떠 어떻게 하자요." 하며, 자기 생각을 말한 다음 어서 뒤 고방에 숨어 있으라고 하였다.

뒤미처 술에 취한 왜놈 군관이 정주로 들어서자마자 신도 벗을 새 없어 청순의 안해를 다짜고짜 끌어안았다.

이에 청순의 안해는 일본 뜨개말[20] 시늉에 온 얼굴에 웃음을 띠우며, 뭘 그리 급해 하느냐고 집엔 나 혼자뿐이니 어서 안심하고 옷부터 착착 벗으라고 했다.

그러자 그놈은 헤헤 벌죽 좋아서 옷을 얼른 벗어 던진 뒤 청순의 안해더러 어서 치마를 벗으라고 닦달했다. 이에 청순의 안해는 치마를 벗는 체하며 웃방문을 탁 찼다. 그러자 미리 대기하고 있던 청순이가 도끼를 들고 벌떡 뛰쳐나오며 왜놈의 목을 탁 내리깠다. 놈은 억 소리와 함께 나뒹굴었다.

이때 밖에 있던 병졸은 제 군관의 '좋은 일'에 감히 방해할 수가 없어서 쭈빗거리다가 청순 안해가 쳐들고 내달아오는 윤두[21]에 맞아 눈퉁을 싸쥐고 애고대고 하는 것을 청순이 얼른 도끼로 쌴장(算帳)[22]을 들이

---

20) 연변 지역 방언으로 언어 표현이 익숙하지 못해 아주 서투른 상태를 말함. 즉 앞뒤가 순통하게 이어지지 못해 글자나 단어 몇 개를 불규칙하게 여기저기서 마구 '뜯어서' 맞춘다고 해서 생겨난 말이라는 일설이 있음.

21) '인두'의 연변식 표현.

22) '算帳'을 발음 그대로 옮긴 것으로 "타인에 의해 실패나 손해를 본 데 대해 앙심을 품고 그 원한을 갚는 행동이나 말"을 이름. 중국 측의 특수한 언어 환경 속에서 이처럼 한어 발음을 그대로 옮겨 보편적으로 사용되는 소위 '비표준적' 어휘임.

댔다. 그들 내외는 얼른 두 왜놈을 언녕 물이 차서 방치해 두었던 김치굴에 처넣고 쥐새도 모르게 묻어 버렸다.

그로부터 한 해가 되나마나해 그들 내외는 한 해 전 놈들을 요정내고 앗았던 총 두 자루를 이곳에 온 홍범도 의병대에 고스란히 바쳤다고 한다.

✸ 욧시! 우리 황군의 진짜 벗이 다르긴 달랐소까!
··· 구술 : 신령남, 명월구 신선동, 1967 봄

명월구에 홍범도의 의병부대가 갓 들어왔을 때의 일이라고 한다.

그때 명월강변 마을에 두 부부가 살아가고 있었는데 왜놈들의 앞잡이 노릇을 하는 자위단 놈들은 왜놈을 턱 대고, 쩍하면 찾아와서는, "너희들이 이렇게 남의 나라 땅에 와서 마음 놓고 살아가는 것이 다 뉘 덕인 줄 아느냐? 그래, 우리가 지켜주지 않으면 네놈들이 이곳 중국 토비들 손에 살아남기나 하겠느냐?" 하면서 늘 개를 잡아내라, 닭을 잡아달라 하면서 못살게 굴었다.

이런 어느 날 한 자위단 단장 놈이 슬그머니 들이닥쳐 또 닭을 잡아내라고 못살게 굴었다.

"워낙 닭이 여나문 마리 잘 되었으나, 나리님들이 여기 와서 다 잡아 잡숫다보니 인젠 한 마리도 없나이다."

그러자 그놈은 "정말 없어? 정 없으면 네놈의 녀편네라도 바쳐야겠다."

하긴 이놈은 몇 번 왔었다가 이집 나젊은 녀편네를 은근히 탐내어 그어느 때건 실컷 릉욕(凌辱)해 보려고 벼르고 있었던 터였던 것이다.

"나리님, 아무리 그러기로 높이 계시는 어른께서 어떻게?"

"무엇이 어찌고 어째?"

그때 그 청년은 언녕[23]부터 이 자위단 단장 놈의 야욕을 눈치채고 있던 차라, 얼른 안해에게 말을 듣는 척하며 시간을 끌라고 귀뜸한 뒤 얼른 뛰어가 홍범도 부대에게 알리었다. 이에 부대 전사 두 사람이 불나케 이 집으로 달려왔다. 그 통에 그 자위단 단장 놈은 미처 어쩔 새도 없이 난딱 잡히고 총도 고즈넉이 빼앗기우고 말았다.

"이놈아, 네놈이 왜놈들을 등에 엎고 백성들에게 갖은 로략질과 악행을 다하고 있는 점을 보아서는 단박 죽여 버려야겠으나, 네놈이 한국인인 것을 고려하여 잠시 살려 보내겠으니 다시는 이런 악생이 없으렸다!"

"예, 예, 그저 목숨 하나만 살려 주십시오."

그 자는 겨우 목숨을 부지해 돌아가자마자 왜놈 상관한테서 총은 어찌했느냐고 추궁을 당하게 되었다.

그러자 그 자가 하는 말인즉 "총을요? 예, 총을 가지고 어제 아무 곳에서 의병 놈 다섯과 박투하게 되었는데 그 자들 말이 '이놈아, 그 총만 순순히 바치면 살려주겠다!' 하는 통에 내가 '이 비적 놈들아, 내가 죽으면 죽었지 총을 네놈 비적 놈들에게 바칠 줄 아느냐!' 하고 총을 꼭 끌어안은 채 깊은 물에 뛰어들었댔지요. 그런데 천만다행으로 천황페하님의 은총을 입어 구사일생 목숨만은 구하게 되었습지요."

그 말에 왜놈들은 그 자의 어깨를 툭툭 치며, "욧시! 당신이야말로 우리 황군의 진짜 벗이라 다르긴 달랐소까! 죽더라도 의병 놈들에게 총이야 빼앗기지 말아야지!"하며, 즉시 표창장과 더불어 총을 발급했다고 하니 실로 삶은 개대가리 앙천대소할 일이라고 하겠다.

---

23) '벌써'의 연변식 표현.

노루골 이야기

··· 구술 : 황관일, 명월진 함성촌, 1984

해방 전 지금의 안도현 명월진 함성촌을 일명 노루골이라 불렀으니 여기에는 이런 전설이 전해오고 있다.

지난 20세기 초, 홍범도가 명월구에서 대한독립군을 세우고 한동안 활동하다가 다른 곳으로 이동해 떠나게 되었다. 이 소식을 들은 리모라는 포수는 섭섭하고 아쉽기 그지없었다. 이때까지 독립군의 일거일동을 친히 보고 들은 그는 그들이야말로 왜놈들에 의해 잃어버린 나라를 되찾을 수 있는 진정한 백성들의 군대라는 것을 심심히 느끼게 되었었다. 하여 그는 떠나는 그들에게 노루라도 몇 마리 잡아서 대접할 요량으로 렵총을 가지고 노루가 많은 함성골로 들어갔다. 하여 그는 그날 세 마리의 노루를 잡아다 홍범도 장군 부대에 드리였다.

이런 일이 있은 지 얼마 안 되는 그해 겨울이었다. 왜놈들이 그의 집을 찾아 왔었다.

"그래 네가 아무 때 홍범도 비적 놈들에게 노루 몇 마리나 잡아주었다지?"

"……."

"그래 토비 놈들에게 자진해 노루 몇 마리를 잡아갔으니 우리에게야 물론 잘 잡아줄 테지?"

"……."

놈들은 리 포수를 윽박질러 제 놈들 오토바이에 태워가지고 함성촌 골안으로 들어갔다.

리 포수는 놈들에게 단박 퇴방을 놓고 싶었으나 집에 있는 처자들을 생각해 별수 없이 따라 나섰다. 그날 그는 진짜 내키지 않는 일이라 천

신만고 끝에 겨우 노루 두 마리를 잡아 놈들에게 주었다.

놈들은 노루를 받아쥐자, 리 포수는 다시 본체만체 저희들끼리 명월구로 향했다. 그러던 그자들은 마을을 채 벗어지기도 전에 천벌을 만나, 나무 등걸이에 치워 오토바이가 몇 길 올라 튀였다. 떨어지는 통에 반반 천당으로 가고 말았다.

하여 이 일을 두고 사람들은 "하늘에 눈이 있거늘 어찌 침략자 놈들에게 은총을 베풀겠는가?"고 하며 놈들의 죽음을 여간 깨고소해 하지 않았다.

또 이로부터 함성촌 골안을 노루골이라 부르게 되었다고 한다.

🐾 계관산툰의 유래
··· 구술 : 계관산툰 마을, 2009.6.4

중국 길림성 안도현 석문진 유수천촌에서 북으로 10리쯤 들어가면 계관산툰이라 이름을 가진 몇 호 마을이 자리잡고 있는데 이곳을 계관산툰(鷄冠山屯)이라 이름하게 된 데는 이런 전설이 전해져 내려오고 있다.

그리 멀지않은 옛날, 이 고장에 단 한 호에 늙은 부부 내외가 살고 있었다.

어느 초가을 날, 한 젊은이가 이곳을 허위단심 급급히 지나다가 찾아들었다. 헌데 그는 극도의 주림으로 하여 집에 들어서자마자 털썩 드러누워 버렸다. 당황해 한 늙은 량주는 살펴보니 틀림없이 허기진 사람이라 얼른 죽을 쑤어 먹이고 드디어 젊은이가 깨여나자, 어디서 오며 어디로 가는 젊은인가고 캐물었다.

그러자 그 젊은이는 자기는 일본 침략자 놈들과 싸우는 홍범도 장군

부대의 한 사람인데 통신련락을 갔다오다 너무 지쳐 이렇게 의외로 폐를 끼치게 되었노라고 실토정했다.

"홍범도 장군의 의병대라니?"

생전 처음 듣는 이름인지라 더 캐어 물으니, 젊은이는 홍범도 장군에 대하여서와 그의 부대가 지금 명월구 일대에 집결해 있다는 사실도 자세히 이야기해 주는 것이었다.

"아, 세상 그렇듯 의로운 군대도 다 있구먼. 그런데 우린 아무것도 없어 자네에게 아무것도 대접할 수 없으니……."

"하긴 우린 이런 외진 편벽한 산골에서 닭치기를 위주로 하는데 하루가 멀다하게 왜놈들이 들이닥쳐서는 잡아가는 데서 이제 겨우 한 마리밖에 안 남았다우."

령감의 말에 로친이 있다가, "여보, 우리 그 씨암탉 한 마리라도 어서 잡아 젊은이에게 대접하잔 말이요."

"옳거니, 어서 그렇게 해야지!"

그 말을 들은 젊은이는 절대 그리 말라고 말리였으나, 그럴수록 늙은 두 내외는 바로 이런 언행을 봐서는 틀림없는 의로운 군인이라고 생각되었다.

하여 "우리 비록 닭을 많이 쳤지만 왜놈들 성화에 근래에 와서는 닭고기 한 점 체신도 못했는데 이 기회에 함께 닭고기 체신이나 하잔 말이요." 하면서 기어이 닭을 잡았다.

드디어 닭고기를 먹고 기력을 춘 젊은이는 이튿날 아침 떠나면서 로인을 보고 물었다.

"로인님, 그래 이곳 이름은 무엇이라 부릅니까?"

그 말에 그들 내외는 허허 하고 허구픈 웃음을 웃으며, "기껏해야 우리 한집뿐인데 마을 이름이 다 뭐겠수?"

그러자 젊은이는 북쪽 산으로 오르면서, "그렇다면 두 분께서는 저길

보십시오. 꼭 마치 저 산봉이 신통히도 닭의 머리와도 같지 않습니까?"

"어디?"

"저기 저 산봉우리 말입니다."

"오오, 정말 닭의 머리와도 같구만!"

"그러니 마을 이름을 계관산툰이라 부르면 어떻겠습니까?"

"오, 그것 참 좋겠구만!"

"그런데 당신네 의병들은 어느 때나 왜놈들을 다 몰아내고 우리 백성들이 잘 살게 해준다우?"

"아, 멀지 않습니다. 만약 우리가 이 땅과 조선 땅에서 왜놈들을 다 몰아내지 못한다 해도 다른 숱한 항일군들이 꼭 왜놈들을 쳐부셔 우리 백성들이 잘 살 날이 조만간 꼭 올 것입니다!"

이런 일이 있은 뒤로부터 이 마을은 오늘에 이르기까지 "계관산툰"이라 불리우게 되었다고 한다.

안도현 유슈천 계관툰 계관산 아래 코대바위에서 집필(2009년 6월4일)

✒ 산양의 피를 얻어주다
… 구술 : 천은보, 안도현 송강진

그리 멀지 않은 때 명월구 근방 한 마을에 백손이란 효자가 살고 있었다. 어느 날 그의 어머니가 시름시름 앓더니 아예 몸져 들어눕게 되었다. 모셔온 의원이 깐깐 진맥해 보더니 로모의 폐가 몹시 허약한 즉 오직 산양의 생피를 한껏 대접해야만 낫는다고 하였다.

산양이란 본시 험악한 산벼랑에 사는 짐승으로 날렵하기 그지없거늘 백손이는 가경이 째지게 가난한지라, 어느 누구에게 부탁해 산양을 잡아 피를 얻어 올 게재도 못 되었다.

백손이는 궁리하다 못해 난생 써보지도 못했던 활을 만든 다음 생피를 받을 옹기그릇 하나를 지니고 벼랑산으로 떠났다.

허이 허이 치달아 올라가보니 산양들이 없는 건 아니었지만, 약간의 자취소리만 나도 뿔뿔이 달아나니 무슨 용빼는 재간이 있어 활을 쏘아 잡을 수가 있겠는가? 이른 새벽 떠난 그가 해가 질 무렵까지 주리팔방 헤매였으나 뜻을 이루지 못하였다.

그가 어머님을 생각하며 락담실망 눈물만 뚝뚝 흘리고 있는데 어디선가 갑자기 땅! 하고 되알진 소리가 나더니 난데없는 큰 산양 한 마리가 벼랑 우에서 데굴데굴 굴러 그의 눈앞에 뚝 떨어졌다.

"아니 이게 꿈인가 생시인가?"

그가 자기 머리를 툭툭 치면서 사방을 두런두런 살피는데 난데없이 준수하게 생긴 젊은 '포수' 한 사람이 그의 앞에 나타났다. 그 생면부지의 '포수'는 자기가 지녔던 단도로 산양의 목을 쿡 찌르더니, "자, 어서 그 옹배기에 산양의 피를 받으시오!" 했다.

백손이는 그저 그가 시키는 대로 옹배기가 넘쳐나도록 피를 철철 받고나서 물었다.

"아니, 포수님은 누구세요?"

그러자 인품 좋은 그 군인 포수는 상냥하게 웃으며 말했다.

"나는 의병이요!"

"의병?"

"그렇소! 난 홍범도 장군이 지휘하는 대한제국 의병이란 말이요."

"아, 홍범도 장군님의 항일의병이라구요? 그, 그런데 어찌하여 이렇게 저에게 산양을 잡아주게 되었는가요?"

"내 이곳을 지나다보니 당신이 화살을 들고 옹배기를 차고 허둥지둥 헤매는 것을 보게 되자, 틀림없이 급히 쓸 일이 생겨 산양잡이를 왔으리라는 것을 알고 이렇게 한 놈 잡아주게 된 것이요!"

"아, 참으로 감사합니다!"

백손이는 감격에 목이 메어 눈물코물 흘려가며 산벼랑 길에 오르게 된 사연을 미주알고주알 다 피력하였다.

"자, 그럼 어서 바삐 집으로 다그쳐 가야지!"

그 의병은 죽은 산양까지 척 메고 백손이를 따라 나섰다.

"저, 이 산양은 그채로 가져가십시오!"

백손이의 말에 그 군인 포수는, "아니, 병환에 계시는 어머니에게 고기까지 대접하면 더욱 좋다오."

"세상 이렇게 고마울데라구야."

이로 하여 백손 어머니의 병환은 가뭇없이 사라지게 되었다.

하여 며칠 뒤 백손이가 물어물어 의병대로 찾아갔더니 그때는 이미 홍범도 장군 부대가 명월구를 떠난 지도 이슥하여 그는 어머니와 더불어 의병부대가 떠났다는 그곳을 향하여 왜놈을 박살내는 위업에서 백전백승 승승장구하기만을 두고두고 기원했다고 한다.

로인들을 찾아 휴식의 한때를 즐기면서 자료를 수집

☀ 부자놈을 골탕 먹이다

…구술 : 김철수·전룡빈 외, 안도현 명월구, 1978

그리 멀지않은 때, 안도현 명월구 남쪽켠 마을에 어른은 물론 코 빠는
아이들의 생일까지 굉장히 쇠면서 당지 가난한 백성들에게서 부조돈을
톡톡히 챙기는 중국인 대부자가 살고 있었다. 하긴 이 부자는 린근 가난
한 사람들이 어려운 때면 돈을 먼저 선대해 주기에 어느 뉘든 그자에게
잘 부여야 했다 먼저 드려 쓰는 돈의 리지기 엄청 많지만, 그자에게 잘
보이지 않는다면 그런 돈마저 먼저 드려 쓸 수가 없었던 때문이다.

하루는 이 부자가 자기 생일을 쇠는데 낯선 40대의 장정 한 사람이
지팽이를 짚고 찾아왔다. 그가 와서 살펴보니 과연 듣던 소문과 조금도

틀림없이 그 부자네 뜨락 한구석에 굉장히 큰 시뻘건 큰 관 하나가 놓여 있었다. 그때 중국인 부자들은 미리 큰돈을 팔아 관을 사 두었는바, 그러면 그 집 년장자 어른이 무병장수한다는 풍속이 있었던 것이다.

그 불청객 장정은 남이 주의하지 않는 틈을 타서 얼른 짚고 온 지팽이를 그 빈 관속에다 넣어버렸다. 그리고 일단 생일연회가 끝나자, 그 장정은 짐짓 그 부자를 보고 자기가 짚고 온 지팽이가 감쪽같이 없어졌는데 미안한데로 좀 찾아달라고 청들었다.

"아니, 지팽이가 잃어지다니?"

"하긴 마을에 들어올 때 문밖에다 세워 놓았었는데요. 그 지팽이의 손잡이 안에는 금 두 덩이를 넣어가지고 왔었는데 그 한 덩이는 오늘 부자님께 부조로 드릴 것이었는데요."

"아, 그래요? 그런데 왜 그처럼 귀중한 금덩이는 지팽이 손잡이에 넣어 가지고 다니는 거요?"

"그걸 몸에 지니고 다니자면 얼마나 불편합네까? 그래서 늘 지팽이 속에 넣어가지고 다니지요."

"아아 그래요?"

그래서 부자가 온 집 사람들을 말짱 동원해 아무리 찾았으나, 지팽이는 고사하고 그림자조차 보이지 않았다.

"허 참, 일이 이렇게 맹랑하게 되니 나의 체면이 도대체 뭐가 됩니까? 그리고 나는 이제 수중무일푼의 떨거지가 돼 버렸으니 어떻게 살아간단 말입니까?"

지팽이 임자는 능숙한 중국말로 이렇게 오만상을 찌푸리며 억울함을 련신 호소하였다.

"그런데 그만큼 한 금 하나는 도대체 값이 얼마나 갑니까?"

"적어도 50만금이야 실히 가지요."

"한 덩이가 50만금?"

"적게 쳐 그렇지요."

"아이구, 이 일을 어찌하나?!"

부자는 그만 기절초풍 했다.

하지만 부자는 울며 겨자 먹기로 온 집의 돈을 죄다 긁어모아 금덩이 하나의 값만은 물어주지 않을 수가 없었다.

그로부터 얼마 뒤 이 부자는 자기 에미가 생사를 다투게 되자, 관을 집안으로 들여다 뚜껑을 열게 되었다. 그러자 천만 뜻밖에도 전반 자기 생일연회에 왔었던 한 장정이 잃어버렸다던 금지팽이가 그 안에 고즈넉 들어있지 않겠는가?

"아하, 내 인젠 살아났구나!"

부자는 에미야 죽든 말든 얼른 그 지팽이를 꺼내여 도끼로 손잡이 쪽을 냅다 까서 두 동강을 냈다. 그러나 샅샅이 뒤져보고 또 뒤져보아야 금덩이는커녕 녹 쓴 쇠못 하나 없었다.

"아이고, 그놈에게 속아 온 집안이 진짜 쫄딱 망했구나!"

부자는 그 자리에 폴싹 꼬꾸라진 채 며칠이고 음식전폐로 정신을 춰세우지도 못했다.

그럼, 그 지팽이 임자는 도대체 누구였는가?

그가 바로 1919년 봄 명월구에 와서 대한독립군을 세우고 사령관으로 추대된 홍범도 장군 수하의 한 독립군 전사로서 그는 주위의 가난한 백성들에게서 그 부자 놈의 악행을 료해한 뒤, 홍범도 장군의 명에 따라 이런 술수를 써서 그 자를 패가망신 시켰던 것이다.

그리고 그놈에게서 앗아낸 돈은 즉시 주위의 어려운 백성들에게 골고루 나누어 주었다고 한다.

아, 홍 장군님!

… 구술 : 신정옥, 룡산골, 1976

어느 해 9월 초순의 한 가을날, 50대의 장정 한 사람이 수하에 젊은 이 한사람을 데리고 명월구에서 서쪽으로 조금 떨어진 룡산골 마을로 들어섰다

그들이 그 마을로 들어서다가 마을과는 동이 뜨게 외따로 있는 한 집 앞에 이르러 문이 열린 집안을 들여다보니 50대의 장정 한 사람이 색 바랜 늙은이의 사진 한 장을 앞에 놓고 눈물을 흘리고 있었다. 이 상한 생각이 든 50대의 손님은 젊은이를 데리고 집안으로 들어섰다.

"아니 웬일로 이렇게 락루를 하고 계시오?"

그러자 집주인 장정은

"예, 그런 게 아니라 왜놈들 등살에 못 이겨 남부녀대로 이 산골로 갓 이사는 왔지만, 살림이 하도 어려워 아버지 제일(祭日)을 당해 고기붙이 한점 사서 제상에 못 올리게 되니 자연 눈물이 나오이다."

그 말을 들은 50대의 장정은

"하기야 고기라도 올려야지요." 하더니 얼른 품에서 동전 두 닢을 꺼 내여 그 장정에게 내놓았다.

"이것 참 약소하나마 이 돈으로라도 소고기나 돼지고기, 명태를 좀 사다 제상에 올리시오."

"아니 이것 참, 너나없이 몹시 어려운 세월에… 그런데 손님은 도대 체 누구시기에 이렇게……."

"제가 누군들 알아선 무얼 하시겠소. 자 어서 이 돈이나 받으십시오"

손님 장정은 기어이 그 동전을 주인 손에 쥐어주고 나서 집을 나 섰다.

감격에 찬 주인은 그제야 불현듯 생각난 듯 얼른 밖으로 뛰쳐나와 함께 동행해 온 젊은이를 뒤쫓아와 다그쳐 물었다.

"아니 저분은 도대체 누구시오?"

그러자 젊은이가 곧이곧대로 말했다.

"저분은 바로 대한독립군 사령이신 홍범도 장군이시랍니다."

"아, 예? 일본 놈들을 동에 번쩍 서에 번쩍 여지없이 족치시여 국내외에 그렇듯 명망이 높으신 홍범도 장군이시란 말이요?"

"예, 그렇습니다."

"그런데 오늘은 어찌하여 이곳 산골까지 오셨는지요?"

"지형지물도 살피시고 민심도 알아보실 겸 나오신 길이랍니다."

"아, 홍 장군님! 홍 장군님!"

신 씨라는 집주인은 방금 집에 들렸던 그 홍 장군이 저 멀리 다른 집으로 사라져 보이지 않을 때까지 한자리에 선채 까딱 움직일 줄을 몰라 했다.

🐾 노래하는 바위
··· 구술 : 차성준, 돈화시, 1961 겨울

홍범도 사령관이 지휘하는 항일구국군 시기 일본 침략자들은 토벌할 때마다 '노래하는 바위'를 심심찮게 만나군 하였는데 이런 바위가 그 얼마였는지 몰랐다고 한다.

어느 해 여름, 일본 토벌대 놈들은 홍범도 구국군을 일망타진하기 위해 그 어느 한 바위 부근에 수백 명을 동원해 대토벌을 벌였다. 진작이 소식을 입수한 의병들은 이 바위 우의 수림 속에 매복하여 놈들이 접근해오기를 기다리고 있었다.

드디어 놈들이 긴 골짜기로 하여 령 밑에 이르렀을 때 의병대의 총소리가 콩 볶듯 일어났다. 그 통에 왜놈들은 총 한방 변변히 쏘아보지도 못한 채 150명이나 개죽음을 당하게 되었다.

놈들이 갈팡질팡하는 그때 바위 우에서 힘찬 노래 소리가 하모니카 반주를 타고 울려 나왔다.

> 동무들아 준비하자 손에다 든 무장
> 제국주의 침략자를 때려부시고
> 용진 용진 나가세 기승스럽게
> 억천만 번 죽더라도 원쑤를 치자
> 나가자 판가리 싸움에
> 나가자 유격전으로
> 손에다 든 무장
> 튼튼히 잡고 나갈 때에
> 용진 용진 나가세 기승스럽게
> 억천만 번 죽더라도
> 원쑤를 치자
> 우리 대장 사격구령 한 번 웨칠 때
> 전대동무 받들어 총 들어쥐고서
> 악악소리 높이 웨치며 몰사격 바람에
> 적의 군사 정신없이 막 쓰러진다
> 나가자 판가리 싸움에
> 나가자 유격전으로
> 손에다 든 무장
> 튼튼히 잡고 나갈 때에
> 용진 용진 나가세 기승스럽게
> 억천만 번 죽더라도
> 원쑤를 치자

뜻밖의 느닷없는 힘찬 노래 소리에 더욱 어리둥절해진 토벌대 놈들이 산벼랑 바위 쪽만 쳐다보는데 또다시 백발백중의 총탄과 수류탄이 날아들며 꽝꽝 터졌다. 이에 혼줄이 난 일본토벌대 대장 놈은 전군을 지휘할 대신 '목숨아 나 살려라.'하고 천방지축 제 혼자만 내뺐다.

사후 그 포로병들은 이렇게 실토정했다.

"정말 홍범도가 지휘하는 구국의병들은 알고도 모를 군대란 말입니다. 어쩌면 생사 판가름을 하는 싸움마당에서까지 하모니카를 불고 대합창을 할 수 있단 말입니까?"

이때 포로된 위만군 병사 놈들도 이렇게 말했다.

"우리는 그런 노래를 들을 때마다 집에서 헐벗고 굶주리는 부모형제와 처자들을 생각하였고, 왜놈들에게 천대와 괄시를 받는 자신의 처참한 처경을 생각하였고, 이렇듯 힘찬 노래를 부르는 군대들을 생각해보니 싸울 용기라곤 전혀 나지 않습데다요."

당년 이렇듯 노래하는 바위가 그 얼마였는지 미처 다 셀 수 없이 많았다고 한다.

수집정리한 자료들을 가지고 의견을 청취

🖋 은혜샘

… 구술 : 차성준, 안도현 석문구 북산촌 1959

지난 세기 1919년 봄, 명월구 서쪽에 이 일대 사람들로부터 은혜의 샘이라 부르는 맑고 정가로운 샘 하나 있었으니, 그 샘의 유래에 대해서는 이런 전설 이야기가 전해져 내려오고 있다.

원래 그곳 큰길 옆에 일 년 사철 퐁퐁 솟아나는 무명샘이 있었는데 오고가는 사람들은 이 샘물로 갈한 목을 축였고, 일부 부지런한 사람들은 이 샘물이 맛이 좋다고 길어가기고 하였다. 하지만 누구하나 이 샘을 가꾸려고 하지 않았다.

그런데 어느 하루 봄날, 젊은이 두 사람이 일부러 낫이며 삽을 들고 와서 샘물 주위에 무성한 잡초를 깨끗이 베여내고 돌을 쌓아 아주 정갈하게 만들어 내었다.

그럼, 이 두 젊은이는 도대체 누구였을까? 처음 이 샘물로 갈한 목을 축이거나 물 길러 오는 사람들이 누구와 물어도 낯모를 두 젊은이가 손질하더란 말만 할 뿐 그 젊은이들의 정체를 아는 사람이라곤 없었다. 그럼 이 두 젊은이는 도대체 누구였을까?

후에 안 일이지만 그들 두 청년은 홍범도의 대한독립군의 전사로서 그들은 홍 사령의 분부에 따라 이 샘터 수리에 나왔던 것이다. 그럼, 홍 사령은 이 샘을 수건(修建)[24]할 데 대해 어째서 수하에게 지시했을까? 그것은 어느 하루 홍범도 사령관이 우연히 샘터에 왔다가 마셔보니 그 맛이 아주 좋았었다. 그런데 그 주위가 아주 볼품없이 불결한 것을 목격하게 되었다. 우리 조선 사람은 더울 때면 무엇보다 차고 시원한 랭

---

24) 돌, 나무나 흙모래 같은 재료로 무엇을 만들거나 건축한다는 뜻 사전에서 흔히 볼 수 있는 말은 아니지만, 중국 내에서의 특수한 언어 환경으로 말미암아 이런 식으로 자주 쓰이는 경우가 많음.

수 마시기를 즐기는데 이렇게 샘터가 어지러워서야 되겠는가? 하여 그는 두 전사를 시켜 일부러 샘터를 정갈하게 가꾸도록 했던 것이다.

이에 사람들은 홍범도 장군의 고마운 인품을 찬미하여 이 샘을 은혜의 샘이라 부르게 되었다고 한다.

✿ 물고기를 잡아 장가 든 형제
··· 구술 : 허림, 안도현 명월구, 1961

그리 멀지않은 옛날, 안도현 명월구에 두 형제가 농사일을 하며 근근 득식 살아가고 있었다. 집 살림이 하도나 어려워 형은 스무 살이 썩 넘도록 장가도 못 들고 있었다. 이에 마음 착하고 부지런한 동생은 형님으로 하여금 어서 빨리 장가들게 하기 위하여 짬만 있으면 매일 새벽 날이 채 밝기도 전에 강에 나가 고기를 잡아 장터로 나가 팔군 하였다.

이런 어느 하루, 강에 나가 많은 고기를 잡아가지고 장터로 가려고 서두르는데 일본 놈 두 놈이 달려들더니 다짜고짜 고기그릇을 잡아챘다.

왜서 남이 힘들게 잡은 고기를 무작정 빼앗느냐고 대들자, 왜놈들은 "이놈아, 도대체 이 땅이 네놈들 땅이고 네놈들 강이냐? 나라도 없는 주제에 우리가 강점한 이 중국 땅 우리 강에 와서 우리 고기를 잡으면서도 네놈의 것이라고? 이 상비렁뱅이 같은 놈들, 하하하 소 웃다 꾸레미 터질 일이로다."

왜놈늘은 이렇게 씨벌이며 다짜고짜 고기를 빼앗을 뿐만 아니라 총박죽으로 사정없이 구타까지 하였다.

바로 이때 어디선가 땅! 땅! 하고 되알진 총소리가 나더니 그 두 왜놈이 억 소리 한번 밭치지 못한 채 그 자리에 뻐드러지고 말았다. 좀 있어 총을 든 청년 둘이 다가오더니 동생을 위로하며 고기그릇을 돌려주고 는 돌아섰다.

"아니, 당신들은 무슨 군대이기에 이렇게 잔악무도한 왜놈들을 사정 없이 쏘아 죽이는가요?"

동생이 의아해 묻는 말에 그 두 군인은 "우린 이곳에 갓 온 홍범도 사령관님의 반일구국군 전사들이라오. 금후 또 놈들의 행패가 있으면 제때에 우리에게 알려주시오." 하며 자기들이 주둔해 있는 곳까지 세세 히 알려주는 것이었다.

그로부터 동생은 한동안 다시는 더 왜놈들의 피해를 입지 않고 많은 고기를 잡아 팔아 형님을 장가들이게 되었고 뒤따라 자기도 역시 장가 를 가게 되었다고 한다.

☀ 어서 돼지고기를 갖다 주게.
··· 구술 : 명월구 지역

그리 멀지않은 때, 홍범도 장군 수하의 한 전사가 명월구 쪽으로 흘 러나오는 장흥하라는 작은 강변에 나가서 산책을 하고 있는데 바로 그 때 상옷을 입은 젊은 상주 한사람이 땀을 뻘뻘 흘리면서 방갓을 반두25) 로 삼아 물고기를 잡고 있었다.

"저런 미친 사람 봤나? 예로부터 우리 민족은 부모가 돌아가시면 아

---

25) 강에서 작은 물고기나 개구리 따위를 잡을 때 쓰는 어렵 도구의 일종으로 흔히 '반 디'라고 함. 물고기를 잡을 때 쓰는 '활치'라는 도구와 비슷함. 'U'자형으로 휘게 만든 막대기에 그물을 씌운 모양으로 되어 있음. 강가나 강 밑의 진흙이나 모래를 뒤져서 담아 들어 올리는 방식으로 고기를 잡는 것으로 일종의 '퍼 올리기 식'의 어렵 도구.

들된 이가 죄인이라 하늘 보기 부끄러워 방갓을 쓴다고 했거늘 저놈은 오히려 그 방갓으로 고기를 잡고 있으니, 음, 천하 고약한 놈이로다!"

그 군인은 인제 저놈을 크게 혼뜨검 내주리라 윽벼르면서 우정 그의 뒤를 따라 상주네 집으로 갔다. 한참 있어 저녁상이 들어왔는데 자기 밥상을 눈여겨보니 멀건 죽 한 그릇에 간장 한 종지만 놓았을 뿐이었다. 그걸 본 그는 괘씸하기 그지없었다.

"이놈이 방금 전에 분명 물고기를 꽤나 많이 잡았었는데 나의 밥상에다는 꼬랑대조차 놓지 않다니?"

그런데 이때가 바로 무더운 여름철이라 안방문과 건너방문이 서로 열렸는데 상주아들이 앉아 물고기의 가시를 정성껏 열심히 골라 앗아 어머니에게 드리고 있지 않겠는가? 그 광경을 보자, 아아 세상에 저렇듯 어머니에게 효성이 지극한 사람이 어디에 더 있겠는가 하는 생각에 내심 몹시 탄복했다. 저녁식사가 끝나자, 이 군인은 왜서[26] 아까 방갓으로 물고기를 잡았는가고 그 아들에게 물었다.

"아, 그 일 말인가요? 말하자면 소인이 참말 부끄럽습니다. 저의 어머니께서는 금년 칠순이 넘으시다보니 로망이 드셔서 문밖으로 뛰노는 남의 집 닭이거나 개를 보시게 되면, 육붙이 생각이 난다시며 자꾸만 그걸 잡아 달라고 하지 않겠습니까? 하여 궁리에 궁리를 거듭하던 끝에 집집을 다니며 반두를 빌자고 소망했으나, 없기에 할 수 없이 끝내 방갓으로 물고기를 잡아 어머님에게 드리였지요. 그러고 보니 일찍 돌아가신 아버님께는 큰 불효를 저질렀지요."

"아아, 그런 연고였고요."

이에 그 군인은 돌아오자마자, 이 일을 홍범도 장군에게 이실직고 말씀 드렸다. 그러자 홍범도 장군은 "오, 듣고 보니 세상 무서운 효자로구

---

26) '왜'의 다른 표현. 연변 지역에서 관습적으로 자주 이런 식의 표현을 사용함.

만. 자, 우리에게 있는 돼지고기를 어서 갖다 드리게!" 하였다.

이 일이 항간에 퍼지자 사람들은 한결같이 "홍범도 장군이야말로 진정 헐벗고 굶주리는 우리 백성들의 은인이요." 하며 여간 감탄해마지 않았다고 한다.

✿ 호랑이로 인해 새 부부가 되다

이것은 1920년 가을에 있었던 일이라고 한다.

그때 내두산 마을에 30대의 부부가 살고 있었는데 어느 하루 그들 부부는 잣 따려고 깊고 깊은 밀림 속으로 들어갔다.

그들이 한창 신나게 잣을 따가지고 이고 지고 귀로에 올랐는데 그때는 이미 황혼 무렵, 그들이 걸음을 종종 다그치는데 불시로 쉭 하는 소리와 함께 퉁방울 같은 눈을 부릅뜬 대호 한 마리가 그들한테로 사납게 덮쳐들었다. 혼비백산한 안해는 부들부들 떨면서도 남편의 안위가 걱정되어 범이고 뭐고 남편부터 찾았다. 그런데 방금까지 곁에 있던 남편은 어디로 갔는지 보이지 않았다.

"아, 여보, 여보, 당신!"

녀인은 하늘이 째지게 통곡을 했다.

그러자 범은 그녀에게로 막 덮쳐들었다.

"아, 네놈이 필시 나의 남편을 물어 죽여놓고 다시 나에게 덮쳐드는구나. 아, 남편 없이 내 살아 무엇하랴. 어서 나까지 마저 잡아먹어라!"

절망에 빠진 녀인은 두 눈을 꼭 감고 그 자리에 풀썩 주저앉았다.

그로부터 얼마나 시간이 흘러 지났는지 땅! 하는 소리에 눈을 떠보니 자기에게 달려들던 백년대호 놈이 대가리에 정통을 맞고 피를 흘리며 너부러져 있고 그 옆에는 낯 모를 30대가 될가말가한 젊은 포수가 자기를 지켜보고 있었다. 뿐더러 틀림없이 호랑이에게 죽임을 당했다고 여겼던 남편이 잣나무 우에서 뚝 떨어져 내렸다. 정신을 차린 녀인이 남편을 보고 물었다.

"방금 호랑이가 덮쳐들 때 당신은 어디로 갔댔던가요?"

"내 너무도 급한 김에 저 잣나무 우로 막 치달아 올라 갔댔다오."

"잣나무 우로 올라 갔댔다구요?"

"그러잖으면 어쩌겠소. 다행스럽게 우리 둘 다 무사하니 됐구만. 어서 집으로 가기오."

그러자 녀인은 코웃음을 치면서 남편의 말은 들었는둥 말았는둥 포수에게로 다가가 "포수님, 정말 감사해요." 하고 인사말을 하고는 이도백하 쪽으로 쳉쳉 달려갔다. 그 젊은 포수는 그 부인의 반상적인 행동에 의혹이 들어 공연이 이 황혼 길에 밀림 속 오솔길에 들어섰다가 이제 그 무슨 의외의 사고를 당할까보아 그 뒤를 바싹 따랐다.

아니 갈세라 녀인은 달려가다 푹 꼬꾸라져 정신을 잃고, "어머니! 어머니!" 하고 몇 번이고 소리쳤다. 그러다가는 다시 일어나 내달리다가는 또 쓰러져 버리는 것이었다. 그럴수록 포수는 녀인의 안위가 더욱 걱정스러워 계속 뒤를 따랐다.

한동안이 지나서야 녀인은 다시 정신을 추스르고 일어나더니 포수를 알아보았다.

"아, 인제아 징신이 드시나보군요."

"예, 그런데 여기가 어딘가요?"

"이도백하로 가는 오솔길인데요."

"아, 남편의 저에 대한 배신행위에 성이 나서 이도백하 본가집으로 가다가 그만 정신을 잃고 쓰러졌던가봐요."

녀인은 자리를 털고 일어나더니 재차 젊은 포수에게 납작 엎드려 절을 올렸다.

"저는 지금까지 위기일발의 시각이면 자기만의 안위를 위하는 남편의 이런 행위를 목격한 것이 결코 한두 번이 아니었답니다. 그런 탓에 지금까지 어린애 하나도 못 가졌던가 봐요. 저는 이미 결혼했던 여자라 상대가 안 된다는 걸 번연히 압니다만… 그래 어디에 사시며 안해는 언녕 있겠지요?"

녀인이 몹시 쑥스러워하며 하는 말에 젊은 포수는 대답했다.

"아, 저는 지난 9월 중순 명월구에서 이곳으로 나온 홍범도 장군 수하의 대한독립군의 한 전사로서 아직까지 장가 전이올시다."

"오, 그러시군요. 그런데도 저를 꺼리시지 않는다면……."

그러자 총각은 녀인의 손을 꼭 잡아 쥐였다.

"저는 그저 고맙게 생각할 뿐입니다."

다음날 총각은 그 녀인과 더불어 홍범도 사령관을 찾아 그들이 되어진 일을 말씀 올렸다. 그러자 홍범도 장군은 그녀의 원 남편을 불러 호된 질책을 안긴 뒤 이 젊은 전사와 녀인의 혼인을 흔쾌히 허락하였다.

하여 그들은 간단 소박한 혼례식을 치르고 동고동락의 화기애애한 부부가 되었다고 한다.

차도선 마을

길림성 무송현 두지동이란 작은 마을은 항일의병장의 한 분인 차도선의 이름을 따서 차도선 마을이라고 부르기고 한다.

조선 북부지방에서 반일의병장으로 위풍을 떨치던 차도선은 1863년 1월 29일 함경남도 북청군 풍산면의 한 가난한 농가에서 태어났었다. 차도선은 청춘시절 금점 일, 광산 일을 해보다가 장년기에 접어들면서 부터는 직업 포수로 생계를 유지해 나갔다. 그런데 1907년, 일제는 조선 군대를 강제 해산시켰고 포수들의 화승총까지 죄다 몰수했다. 이에 1907년 11월 차도선과 홍범도 주위에 모였던 약 70명의 포수들이 북청군에서 집회하여 봉기를 일으켰다.

차도선의병대는 조직되자마자, 전투에 투입되였는데 봉기 후 10일 만에 12명의 친일파와 일본군을 처단했다. 이에 일본 북청군수비대는 1907년 11월 24일 토벌군을 파견했다. 25일 두 갈래 토벌군이 후치령에 도착하자, 만단의 준비를 갖추고 있던 차도선, 홍범도 의병부대는 험산 준령을 날아 넘으며, 사냥하던 정확한 사격술로 일제침략자들에게 죽음을 안겨 적들은 시체만 남긴 채 혜산 쪽으로 퇴각하고 말았다.

계속되는 전투과정에서 차도선 의병부대는 천여 명의 대오로 급장성하여 네 갈래로 나뉘어 활동하게 되었다. 1907년 12월 31일, 미쯔게 소좌가 지휘하는 기병, 보병련합군이 진격할 때 일단 그 기세를 피한 다음 석의 후방기지인 갑산읍을 불의에 공격했는데 아홉 시간 동안의 치렬한 격전 끝에 일본군을 전멸하고 왜군병영을 모조리 불살라 버리기까지 하였다.

겨울이 되면서 차도선의병대는 식량과 솜옷이 없었고 게다가 탄알까지 떨어졌다. 이 난국을 타개하기 위하여 차도선은 홍범도 의병장과 밀약한 뒤 적들의 회유책을 역리용하여 일본군에게 타협하자는 통지를 보냈다. 수차의 론의를 거쳐 일제 측에서는 면죄증을 발급하고 의병 측에서는 한 달 내에 무장을 바치기로 하고 '귀순' 했다.

그런데 1908년 3월 17일 차도선, 태양욱 등이 200여 명 의병을 이끌고 '귀순'하려 갔을 때 일제 놈들은 약속을 어기고 즉시 의병들의 무장을 압수했다. 이에 차도선은 죽을지언정 왜놈의 앞잡이로 전락되려 하지 않았기에 감옥에 갇히게 되었다. 그러던 중 차도선은 끝내 감옥에서 도주했다. 그는 동북으로 넘어와 장백, 림강, 무송 등지에서 독립운동을 계속했다.

차도선은 로쇠하여 더는 독립활동에 직접 종사할 수 없게 되자, 무송현성에서 백여 리나 떨어진 두지동으로 들어가 은거생활을 시작하며, 반일후계자 양성에 전력을 몰 붓다가 1939년 2월 8일 76세를 일기로 세상을 마쳤다.

그는 림종 시에 "나라의 독립을 위해 끝까지 싸우라!", "장차 홍범도 장군을 찾아 계속 힘차게 싸우라!", "나는 죽어서도 일본 놈들이 보기 싫으니 내가 살던 두지동에 묻어 달라."는 유언을 남겼다.

하여 차도선의 묘소는 그의 유언에 따라 두지동의 옛 집터로 정해지게 되었던 것이다. 이리하여 사람들은 두지동을 '차도선 마을'이라 부르게 되었던 것이다.

홍범도 장군이 왔다!

한 사람이 반일 애국인사와 일반적인 군인 등 53명이나 살해했다면, 그 누구든 경악해마지 않을 것이다.

가렬처절(苛烈悽絶)한 항일의 나날, 우리의 혁명 선렬·선배들이 침략자 왜적을 박살내고 도탄에 허덕이는 백성을 건지기 위해 하늘을 지붕으로 삼고, 거친 땅을 온돌로 삼아 동분서주 피를 흘릴 때 전문(專門)[27] 우리의 선배들과 백성을 도살하는 매국매족의 대한간(大漢奸)[28] 친일주구가 있었으니, 그가 바로 방학순(方學順)이란 자였다.

그는 지주가정 출신으로 일찍 길림성 안도현 석문구 중평촌에서 출생, 1932년에 일본 차조촌수비대 밀정으로 들어갔고, 한때는 일제의 도목구 보안대장 겸 차조구 자위단 단장을 하였었다. 1933년 어느 여름날이었다. 항일혁명군의 한 소분대가 차조구 일본 놈 기관을 치려 산에서 내려왔다가 그만 자위단과 경찰분주소 놈들의 저항을 받아 목적을 이루지 못하고 철퇴하게 되었다.

그런데 이때 한 전사가 후퇴 도중 놈들의 총탄에 중상을 입고 콩밭에 쓰러지게 되었다. 이 일을 알게 된 방학순은 눈에 불이 황황하여 얼른 집에 가서 도끼를 들고 뛰쳐나와 "이 망할 놈의 항일 놈의 새끼!" 하고 항일군 전사의 목을 련신 내리찍었다……

최동식이란 사람은 일찍 일본 놈들이 쳐들어오기 전부터 중평촌에서 당지의 악질적인 봉건토호를 반대히는 혁명인이었나. 그는 일제가 쳐들

---

27) "시종일관하게 한 방면의 일에만 열중함."의 뜻으로 따로 쓰임.

28) 중국에서만 널리 쓰이던 말로 나라의 이익을 해치고 침략자를 위해 일하는 민족반역자를 이르는 말. 또한 그 지위나 행실의 엄중 정도에 따라 앞에 '대'자를 붙이는 경우가 있음.

어오자 두말없이 항일사업에서 눈부신 활동을 벌여나갔다.

이에 당시 중평촌 일본 무장자위단 단장질을 하던 방학순은 졸개들과 더불어 온 마을 집집을 발칵 뒤집으며 찾고 찾다가 헛물을 켜게 되자, 60여 세 되는 최동식의 어머니를 잡아내었다.

"그래 너의 딸년29)이 어디로 달아났는지 아니 댈 테냐?"

"내 언녕30)부터 모른다고 하지 않았소?"

"좋아, 그럼 네년이라도 도망친 딸 대신 천당으로 보내줄 테다!"

이렇게 씨벌이고31) 난 방학순은 즉시 최동식의 어머니의 두 팔과 두 다리, 목을 참바로 칭칭 비끌어 맨 뒤 수레 뒤에 매었다. 그리고는 마을에서 가장 드세고 빠른 소를 풀어다 메웠다. 그자는 그 어머니를 한발로 탁 차서 꺼꾸러뜨린 후 소를 마구 뛰웠다.

똑마치 미친놈처럼 소에게 채찍을 안기는 놈의 상판대기에서 땀이 곬을 쳐 내렸으니 오찰을 당하는 로인이야 더 일러 무엇하겠는가?

최동식의 어머니는 얼마 안 되어 처참한 생죽음을 당하고 말았다. 이런 일제주구 놈의 만행을 보다 못해 어느 하루 저녁때 한 장년이 방학순의 집 앞을 지나며 소리쳤다.

"저 항일명장 홍범도 장군이 오신다!"

"항일군들이 마을로 들이 닥친다!"

이 말을 들은 방학순은 대뜸 전신이 떨려났다.

"홍범도 장군이 들이닥친다구?"

그러면 제일 먼저 잡아낼 것은 뜁 데 없는 자기가 아니겠는가?

바빠맞은 그는 얼른 어둑컴컴한 자기 집 감자굴로 뛰여 들어갔다.

---

29) '최동식'이 남자 이름처럼 보이지만 원 기록에 딸로 되어 있음. 이 지역 기록을 통해서 보면 여성들도 남성 같은 이름을 진명이나 가명으로 사용하는 경우가 적지 않음.

30) '진작'의 연변식 표현.

31) '씨부리고'의 연변식 표현.

그는 들어간 뒤 온밤 깜짝 나오지도 못했다.

이에 그의 졸개들이 찾다 못해 나중엔 감자굴로 들어가 보니 방학순은 어찌나 겁이 났던지

"녜녜, 한번만 이 목숨을 살려 주시우다. 내 다시는 일본 놈의 앞잡이질 하지 않겠습니다!"

"홍 장군님, 제발 한번만 용서해 주옵소서!"

하며 벌벌 떠는 것이었다.

그 졸개들이 하도나 우스웠으나 꾹 참고 부들부들 떨고 앉은 그 자를 잡아 일으켜 세우고 보니 갑자기 무서운 구린내가 진동했다. 알고 보니 그 자는 홍범도 장군이란 말에 너무 놀라 온밤 바지에다 오줌똥을 몇 번이고 싸대였던 것이다. 홍범도 의병대장의 명성이 얼마나 높았으면 53명의 항일군과 백성들을 살해한 이 살인악마가 이렇게 경악실색하였겠는가!

이 살인괴수, 일제의 충실한 주구 방학순 놈은 1947년 정의의 심판을 받고 정의의 총소리와 함께 죄악적인 한생을 마감하고 말았다.

✸ 되돌려 온 황소

1920년 초가을 어느 장날이었다.

길림성 안도현 복흥구 신신동 마을에 사는 최 로인은 인젠 가을 실겨질[32] 때가 다 되었는지라 천보산 장터에 가서 집에서 기르는 나 먹은 암

---

32) 가을 농사를 마친 후 묶어놓은 곡식을 한 데 모아 수레에 싣거나 하는 일을 이름.

소를 팔아 나 어린 둥글소를 사가지고 급급히 집으로 돌아오는 길이였다.

신선동으로부터 천보산으로 가려면 남으로 10리 남짓 가다가 다시 동남쪽으로 10여 리 산등성 길을 넘어야 되는데 그 구간은 무인지경인데다 울창한 수림이 우거져 대낮에도 산짐승들이 욱실거리고 도적떼까지 출몰해 웬간한 일에는 나다니는 사람이라곤 없었다. 그런데다 최근에는 홍범도 토비들이 무시로 나타나서는 나다니는 사람들께서 돈깨나 됨 즉한 물건을 죄반반 털각질[33]을 한다는 소문이 와자자 나돌아 담이 큰 최 로인도 잔뜩 신경을 도사리고 갔다오는 중이였다.

과연 그가 방금 집으로 가는 령길에 올라섰는데 불쑥 장정 두 사람이 뛰쳐나와 앞길을 막았다.

최 로인이 엉거주춤하며 훑어보니 한 사람은 키가 훨씬 크고 다른 한 사람은 왜소했다.

'아이구, 이 일을 어찌한담?'

이때 그 키꺽다리가 다가서며 말했다.

"놀라지 마시오. 우리는 가난한 사람들을 위해 싸우는 홍범도 장군 의병대들이오."

"아, 그러시구만요. 참 고생들 하시네요."

"헌데 로인님, 우리는 일본 놈들의 토벌 때문에 산속에 갇혀 벌써 한 주일이나 낟알 구경도 못했답니다. 그래서 이 소를 가져다 잡아먹을가 하는데 어떻겠습니까?"

그러자 최 로인은 "이건 안 됩니다. 우리 농군들은 부모 없인 살아도 소 없인 못 산다고 이 소는 우리 집 명줄입니다."

"하, 우린 당신들을 위해 피를 흘리고 목숨까지 내바쳐 싸우는데 이

---

33) '죄반반'은 '하나도 남김없이 죄다'의 뜻이고, '털각질'은 '도둑질'이나 '강도짓'을 뜻하는 말임. 그중에서 '털다'는 '도둑질하다'를 이르는 말이며, '-각질'은 동사의 뒤에 붙어 사용되면서 무슨 일을 버릇처럼 하는 경우를 나타내는 말.

애어린 소 하나쯤 못 주겠단 말이오?"

"정 그러시다면 집에 가서 다른 쌀 같은 것을 드릴 터이니 어서 나를 따라갑시다."

그러자 이때 그 곁의 땅딸보가 허리에 찬 목갑총을 툭툭 치며 고함쳤다.

"무슨 말이가 그리 많았소까? 빨리빨리 소를 주고 돌아갔소까!"

최 로인은 엉겁결에 소고삐를 놓고 말았다.

그날 저녁으로 신선동 마을에서는 최 로인이 홍범도 토비들에게 소를 뺐겼다는 소문이 쫙 퍼졌다.

이런 어슬녘 갑자기 "주인님 계십니까?" 하는 소리가 들려왔다.

이에 이때까지 문턱 구석에 퍼더버리고 앉아 쓰디쓴 담배만 빨던 최 로인이 부엌문을 열고 나갔다.

나가보니 "토비" 다섯 명이 아까 자기의 소를 빼앗았던 두 사람을 꽁꽁 묶어 앞세우고 뜨락에 서 있었다.

최 로인과 마을사람들이 웬 영문인지를 몰라 바라보기만 하는데 한 젊은이가 나서며 물었다.

"혹시나 오늘 천보산 장터에 가서 이 둥글소를 사가지고 오던 로인님 이나 아니신지요?"

"예예 그렇수다. 그런데 당신네들은?"

"예. 우리는 바로 홍범도 장군님 수하의 군인들인데 이 소를 돌려주려고 이렇게 찾아오는 길입니다."

"아, 그렇다면 홍범도 의병대원이라고 말하던 이 두 사람은요?"

최 로인은 그 꺽다리와 땅딸보를 가리키며 물었다.

"사실 이 두 놈은 우리 홍범도 항일구국군과 여러 백성들지간의 사이를 리간시키느라고 이렇게 홍범도 항일구국군이라 가장해 가지고 여러 분들의 물건을 빼앗는 수작을 피워대는 일본 놈이거나 그 앞잡이랍니다. 오늘 오후 방금 우리가 령길을 따라 오는데 농군 같지 않은 이놈들이 웬 둥글소를 끌고가는가 하여 우리가 얼른 체포해 심문하니 과연 신선동마을 백성의 손에서 빼앗은 것이라고 하기에 이렇게 임자를 찾아온 것이랍니다."

"아아, 그럼 그렇겠지요! 우리 백성들을 도탄에서 건져내기 위해 반일구국전에 일떠난 홍범도 장군님의 군대가 어찌 우리 백성의 물건을 빼앗아 낼 수가 있겠습니까?"

"그렇습니다. 이 자들은 이런 비렬한 수법으로 우리와 여러분들의 관계를 리간시키려 하는 것이랍니다."

"아, 옳습니다!"

이런 일이 있은 뒤로부터 최 로인을 비롯한 신선동 사람들은 홍범도 구국군을 도와 나서게 되었다고 한다.

☀ 괜히 서둘다간 큰코 다치겠어!

1919년 봄, 홍범도 장군이 명월구에서 대한독립군을 건립하고 사령관으로 추대되었다는 소식을 들은 룡정 일본 총령사관의 왜놈들은 당황망조하여 날치였다.

하긴 그 실정을 어서 빨리 렴탐한 다음, 일격에 소멸해 버릴 타산이였던 때문이다. 하여 그 자들은 룡정에 있는 친일분자 조선인 두 사람을 불러들여 명월구로 떠나보냈다. 이에 그 두 사람은 평복차림을 하고 명월구로 기여 들었는데 그중 한 자는 친척집이 있어 그 집으로 먼저 찾아갔다.

"아니, 웬일로 이렇게 찾아왔소?"

"하긴 홍범도군의 정황을 좀 알려고 왔소."

헌데 명월구의 그 친척은 반일애국심이 강한 사람이여서 룡정에서 렴탐을 온 친척을 눌러 앉힌 뒤 이 일을 인차 홍범도 장군에게 알렸다.

그러자 홍범도 장군은 자기 독립군 수하 몇몇에게 룡정에서 온 그 끄나풀 두 사람을 명월구 동북쪽에 있는 한 동굴로 데려가게 하였다.

"자, 우리 독립군은 비상시면 이런 동굴에 진을 치고 있는데 명월구에는 이보다 깊고 사통팔달한 동굴이 얼마나 많은지 모른다오. 지금 우리 갓 세워진 대한독립군은 몇 천 명인데 비상시에는 몽땅 이런 동굴에 들어가 밀려오는 토벌대 놈들을 풍비박산을 낸다오. 그러니 당신들은 이런 정황을 룡정 일본수비대에게 그대로 전해주기 바라오."

그 다음날 룡정으로 돌아간 그 친일밀정들은 자기네가 직접 듣고 본 정황을 그대로 전달하였다.

"뭐? 명월구에서 갓 세워진 홍범도의 대한독립군은 몇 천 명? 거기에다 몇 십 개의 동굴 병영까지 있다구? 하긴 그러기에 홍범도가 감히 그곳에다 근거지를 세웠구나!"

"안 되겠어. 괜히 서뿔리 서둘다간 큰코를 다치겠는데?"

이렇게 잔뜩 겁을 집어먹은 놈들은 홍범도 장군네가 명월구에 있는 동안 감히 범접을 못했다고 한다.

☙ 대지주 리완장을 혼뜨검 내다

지난 세기 20년 대 가을에 있었던 일이다.

그때 길림성 안도현 량병향 구일라자 마을에 사는 최금녀는 시아버지가 사망하자, 마을 사람들의 알선에 의해 산자리가 좋다는 고태툰 마을 앞 부르하통하 강 건너에 시아버지를 모시게 되었다.

그런데 얼마 안 되어 이 일이 명월구에 있는 대지주 리완장(중국인으로서 첩으로 조선인 녀인을 두고 있었고 조선말에 류창하였다고 함)에게 알려지게 되었다.

"무엇이? 어느 놈팽이들이 감히 나의 지팡³⁴⁾에다 묘를 썼단 말인가?!"

그는 즉시 마차에 앉아 그곳으로 내달아 왔다. 와보니 과연 자기 땅에 둥그렇게 묘를 썼는데 그 묘 임자가 구일라자 마을에 있다는 말을 듣고 즉시 마차를 다시 몰아 달려갔다. 그는 최금녀, 리성렬 내외를 찾자 개화장을 내휘두르며 멱따는 소리를 내질렀다.

"어서 시체를 파내고 그 자리에다 지전과 동전을 꼭 채워 넣어야 해!"

"모르고 일을 저질렀으니 한번만 용서해 주십시오."

"용서? 남의 신성불가침의 땅에 더러운 묘를 쓰고도 용서? 안 돼! 사흘 안으로 꼭 그렇게 해야 돼!"

"나으리, 보시다시피 동전 한 푼 없이 조선서 갓 건너와 땅을 뚜져³⁵⁾ 겨우 입에 풀칠이나 해가는 형편인데……."

"안 된다면 안 되는 줄 알아!"

리완장은 이렇게 호통을 치고 이제 이틀 후에 다시 오겠노라며 마차를 몰아 씽하니 가버렸다.

---

34) 당시 소작농들이 '地方'을 한어 발음대로 부른 것인데 당시 한족이나 만주족의 지주들의 개인소유로 된 토지를 말함. 당시 우리 민족의 이주민들은 이런 지주들의 땅을 빌어 농사를 하고 나중에 소작료를 바쳐가면서 생계를 유지하였는데 이를 '지팡살이'라고 함. 따라서 '띠팡'으로 발음해야 맞지만 당시 사람들이 발음을 잘못한 데서 지금까지 '지팡'으로 전해지고 있음.
35) '갈아'의 연변식 표현.

"아아, 이 일을 어찌한단 말인가? 우리 가난뱅이들은 헐벗고 굶주리다 죽으면 바로 묻힐 곳조차 없단 말인가?"

최금녀 내외는 땅을 치며 대성통곡하다 못해 조선에서 살길을 찾아 남부녀대로 함께 두만강을 건너고 오랑캐 령을 넘어 이곳에 와 정착한 무산집이며, 성진집이며, 길주집들을 찾아갔다. 그러나 모두가 가난뱅이며 무권리한 사람들이라, 그 무슨 뾰족한 수가 있겠는가? 그들 내외는 이 일로 전전긍긍하다가 드디어 얼마 전 강 건너 떡호박 따러 갔던 때의 일이 상기되었다.

그때 그들이 밭머리에다 수레를 세워놓고 한창 떡호박을 따나가다가 한곳에 난데없는 나무막대기가 꽂혀져 있고 그 위쪽에 무엇인가 꽁꽁 싸놓은 헝겊뭉치가 대롱대롱 달려있어 그것을 풀어 보았더니 그 속에 글쪽지와 엽전 열 닢이 들어 있는 게 아닌가?

거기에는 "주인님, 우리는 잠시 둔치고 있던 명월구 근거지를 떠나 내두산 쪽으로 떠나가는 대한독립군 사령 홍범도 수하의 선발대 의병들입니다. 이 곳을 지나다 보니 기갈이 심한지라 다섯 개를 따가오니 그 값으로 엽전 열 닢을 두고 가오니 받아 주십시오."

아, 그렇다면? 이 의로운 군인들의 사령이신 그 홍범도란 어르신을 찾아가는 게 상책이 아니겠는가? 이리하여 그들 내외는 그 다음날 새벽 부랴부랴 20리 상거한 명월구로 내달아갔다.

물어물어 홍범도 장군을 요행 찾은 그들은 이 난감한 사실을 미주알고주알 말씀드리며 어찌나 이 일을 무사케 해결해 줍시사고 청들었다. 그들의 이야기를 자세히 듣고 난 홍범도 장군은 이 일로 해서는 절대 근심 말고 집에 돌아가라고, 이제 얼마 후면 그 지주가 당신네들을 직접 다시 찾아갈 것이라고 하였다. 최금녀 내외를 돌려보내고 난 홍범도 장군은 즉시 리완장 지주를 찾아 호되게 을러메었다.

"그래 그 땅이 과연 나라의 땅이 아니라, 네놈의 땅이란 말이냐? 더구나 밭도 아닌 풀밭에 묘를 썼는데도 그 시체를 파가라 협박하고 그 자리에다 돈을 꽉 채워 넣으라고 하다니? 이런 천하무도한 놈 같으니, 네 감히 침략자 일본 놈들을 등에 업고, 이렇게 무법히 행패한다면 네놈은 물론 너의 일가족을 멸하리라!"

이에 그 자는 애발제발[36] 곤두백배 빌며 다시는 더 이런 행패가 없도록 하겠노라 다짐했다. 과연 그로부터 이틀 뒤 이 지주는 다시 최금녀네 부부를 찾아가 형님, 아주머님 하며 자신의 실언을 많이 량해해 달라고 싹싹 빌고 또 빌었다.

이 일이 있은 뒤 마을 사람들은 홍범도 장군이야말로 진정 가난한 백성들을 위해 싸우는 분이라며 여간 경모해마지 않았다고 한다.

● 기묘한 술수로 두 악질주구를 처단

악질주구 림재덕과 김원홍은 홍범도의 부인과 아들을 통해 회유책으로 그를 귀순시키려고 했지만, 돌같이 굳고 쇠같이 강한 홍범도의 반일투지를 꺾을 수 없었고, 그 어떤 방법 방책으로도 불사조와 같은 그의 투쟁정신을 꺾을 수 없다는 것을 깨닫게 되었다.

이에 그자들은 오직 우세한 무력으로 홍범도 의병대를 소멸해야만 하겠다고 작심하였다. 하여 북청 수비구에서 일본군 190명을 출동시키고 일진회 회원 190명을 동원해 더덕장거리에 배치한 동시에 림재덕은 왜놈의 지령에 좇아 홍범도에게 최후통첩을 보내었다. 북청수비대 지휘

---

36) '애걸복걸'의 연변식 표현.

관 놈들과 림재덕은 만반의 전투태세를 갖춘 대오를 거느리고 의병대의 마지막 소식을 기다렸다.

최후통첩을 받은 홍범도는 이를 역리용할 계획을 면밀히 짠 뒤 의병대 안에서 일등가게 불을 잘 놓고, 양기 좋은 군사 수백 명을 여차여차하게 단속시켜놓고, 과연 이번엔 홍범도가 진짜 틀림없이 귀순하려 한다는 글을 품고 놈들에게로 가서 교섭하겠다고 하였다. 의병들이 그의 묘책을 찬성하자, 홍범도는 홍범도가 아닌, 아주 딴 사람으로 변복하여 모습을 완전히 바꾼 뒤 단신으로 적의 소굴로 들어갔다.

그는 소굴로 들어가자 자신의 성명과 신분을 얼토당토 왕청같이 따로 지어 말하고, 지니고 간 소위 홍범도의 귀순하려 한다는 편지를 김원홍에게 내주었다. 그자는 편지를 펼쳐보더니 아주 만족스럽다는 듯 웃으면서, "너희들 홍범도 대장의 소원이 과연 그러하다면 그렇게 하여주마!" 하면서 홍범도에게 주는 답장을 써서 그에게 주어 보냈다.

미구하여 왜놈 대위가 지휘하는 북청수비대와 일진회 주구 200여 명이 홍범도의 계책에 걸려들어 약정한 흙다리목까지 당도하였다. 이때 길 량켠 유리한 지대에 매복해 있던 의병대 용사들은 홍범도의 지휘에 따라 일제히 맹사격을 퍼부었다. 갑작스레 복수의 명중탄을 맞게 된 적들은 얼마 대항도 못하고 길가에 너부러졌다.

홍범도 의병대는 이때 일본군 대위와 림재덕, 김원홍 등 209명의 적들을 보기 좋게 포로하였다. 홍범도는 포로들 중 특별히 김원홍을 끌어낸 뒤 준렬히 꾸짖었다.

"네 이놈아! 네놈이 일찍 수년간 전위대의 참령으로 있으면서 국록을 수만 원씩이나 받아먹다가 나라가 망하게 되니, 차라리 시골에 가서 감자농사나 하며 먹고 지내는 것이 국민의 도리이거늘 하필이면 '칠 조약', '구 조약'에 참여하여 일본 놈의 주구, 나라의 역적이 되었으니, 너 같은 놈은 죽여도 몹시 죽여야만 될 것이다!"

하여 림재덕, 김원홍 두 악질주구는 홍범도 장군의 기묘한 술수에 걸려들어 일본군 대위 놈과 함께 끝내 더러운 끝장을 보고야 말았던 것이다.

백성들에게 형세 강의를

이것은 필자가 일찍 1983년 12월, 당시 80세 때에 명월구 서쪽 룡산촌에 사는 윤영남 로인에게서 민간문학자료를 취재하러 다닐 때 들은 이야기이다.

당시 나는 그이에게 혹 홍범도란 분을 아는가고 물었더니 그는 "홍범도요?" 그이는 대단한 항일명장이란 말은 익히 들었으나 직접 만나본 적은 없어요. 하지만 예서 얼마 멀지않은 명월구 시내에 사는 신 씨란 친구가 있어(그때 윤 로인은 그 친구의 이름은 잊고 단지 신 씨란 성만 알고 있다고 하였다.) 그에게서 홍범도 어르신의 연설은 직접 들은 적이 있다고 하였다.

"그때가 대체 어느 때라고 합데까?"

"아마다 대개 어느 봄날 홍범도 어르신이 명월구에서 대한독립군을 창설하고 사령관으로 추대된 때의 일이라고 합데."

"그럼 그 신 씨란 어른은 어떻게 그의 연설을 듣게 되었다고 하던가요?"

"하긴 그가 그날 집에 있는데 적지 않은 사람들이 대한독립군 대장어르신의 연설 들으러 간다고 하는 바람에 그도 궁금한 생각이 들어 함께 휩쓸려 갔댔는데 그때 한 50살쯤 되어 보이는 분이 열정에 끓어 넘치는 연설을 하더랍네다."

"그래 어떤 내용의 연설을 하더랍니까?"

"그이는 매우 격동된 목소리로 '여러분! 우리는 어찌되어 대대손손 살아가던 금수강산 삼천리 조선 땅을 저버리고 이곳으로 왔습니까? 이는 다름 아닌 일본제국주의 강도 놈들이 1905년 11월 강제로 을사보호조약을 체결한 뒤 조선 서울에다 통감부를 설치함과 아울러 1910년 8월에는 우리의 한국을 자기네들의 식민지로 만들어 버린 때문이지요. 바로 그래서 우리가 놈들의 가혹한 지배에 살 수가 없어서 두만강과 압록강을 건너온 것이 아니겠습니까? 그런데 일제 놈들은 조선을 강점한 것에 만족한 대신 다시 뒤이어 이 중국 땅에까지 침략의 마수를 뻗쳐 우리는 또다시 망국의 설움 외에 이곳에서 살아갈 자유까지 잃게 되지 않았습니까? 그러니 우리가 어찌 놈들과 대적해 생사판가름 싸움을 하지 않을 수 있겠습니까…' 이런 내용으로 연설하는데 모인 사람들은 그의 연설에 매우 격동되었고, 이리하여 그의 부대를 더욱 존경하게 되고 반일의지를 더욱 굳건히 다지게 되었다고 합데다."

그러면서 윤 로인은 그의 연설에서 당시 형세를 더욱 투철히 알게 된 백성들은 그로부터 대한독립군을 더욱 아끼고 자원하게 되었다고 덧붙이는 것이었다.

그런즉 필자는 홍범도 장군은 명월구에 있는 기간 독립군에 대한 훈련은 물론 산지사방으로 다니며 일제 놈들을 쳐부수는 대소전투를 벌이는 한편 딩지 백성들에게노 형세교육을 투철히 진행했다는 것을 알게 되었다.

실로 그는 전설적인 우리 조선 민족영웅이며, 걸출한 독립운동가이며, 저명한 반일의병장이며, 독립군사령관이 아닐 수 없는 것이다!

🌑 오만상을 찌푸리며, 이것은 호박이야!

1920년 10월, 청산리 싸움에서 홍범도와 김좌진 독립군은 합세하여 일본 침략군 련대장 한 명, 대대장 두 명, 기타 장교 이하 1,254명을 일거에 죽이고, 장교 이하 200명을 부상시키는 대전과를 거두었다. 하지만 의병대의 손실은 고작 전사자 200명에 불과하였던 것이다.

청산리 싸움이 끝난 뒤 일본군 놈들은 자신들 침략자들 시체를 처리하기에 광분, 마차마다에 시체를 꽉 박아 실어 나르게 되었는데 그 중 어느 한 마차에는 작디작은 나무상자를 꽉 박아 싣고 가게 되었다.

이에 한 로인이 그걸 보면서, "저 상자 속에 건 무엇입네까?" 하고 넌지시 물었다.

그러자 그 호위자 일본 놈은 오만상으로 찌푸리며, "지금 어느 때여, 그래 한창 호박을 딸 때가 아니소까? 고레와카보란데스."라고 했다.

그 말의 뜻인즉 "이건 말짱 호박이야!"였다.

이로보아 호되게 얻어맞은 왜놈들의 참상이 어떠했는가 하는 것은 가히 짐작하고도 남음이 있었던 것이다.

하긴 죽은 놈들이 하도나 많아 그저 대가리만 썩뚝썩뚝 잘라내 가지고 파묻으러 가고 있었으니까.

🌑 마곡성툰

해방 전(1945년 8월, 일본 제국주의자들이 무조건 항복으로 해방이 된 것을 말함) 안도현 영경향 서남쪽, 삼도백하 강안에 마곡성툰이란 작은 마을 하나가 있었다. 마을 이름이 이렇게 까다롭게 불리우게 된 데는 이런 사연이 깃들어 있다.

1930년대 중기 겨울의 어느 날 이곳에 있는 한족 대지주 마가란 자는 두 대의 마파리(말이 끄는 한족 식 발구)에다 범가죽, 산삼 같은 값진 특산품을 가득 싣고 길림으로 내달아가게 되었다. 얼마 전 이곳으로 대한독립군 토벌을 나왔던 일본군 사령관 한 놈이 마가가 친일파 대부자라는 것을 알고 총 몇 자루를 선물했는데 이에 마가는 그 은혜에 보답하고자 이렇게 이날 길림으로 떠난 것이였다.

그가 인두라즈란 곳에 거의 이르자, 색 바랜 외투에다 토끼털 목도리를 두른 30대의 조선족 녀인이 손을 살랑살랑 내흔들었다. 이에 마가는 마파리를 세우고 웬일이냐고 묻자, 녀인은 류창한 중국말로 자기는 지금 급한 일이 생겨 길림으로 가야겠는데 앉혀주기만 하면 그 값은 달라는 대로 아주 후하게 드리겠다고 사정하였다.

그러지 않아도 유두분면의 젊은 녀인의 간청인지라 두말없이 웃음지으며 선뜻 태워주었다. 마가는 녀인을 곁에 바싹 붙여 앉히자, 대뜸 마음이 싱숭생숭해서 여러 가지 정황을 세세히 캐물었다.

남편이 사냥꾼이였는데 지난해 뜻밖으로 사나운 곰한테 뜯기워 사망한데다 남동생마저 함께 갔다가 죽임을 당해 지금 외롭게 살아간다고 하자, 마가는 마음이 더욱 솔깃해져서, "이 어려운 세월에 젊은 녀인이 어찌 홀로 지낸단 말이오? 혹시 나한테 소실로 들어올 생각은 없는지?" 하고 넌지시 물었다.

"호, 나 같은 천한 계집이 어찌 나으리님과 같은 천하 대부자의 짝이 될 수 있겠나요?"

녀인의 말에 입이 함박만 해진 마가는 아무런 의심도 없이 녀인의 손을 꼭 잡아 쥐고 이번 행차의 비밀까지 미주알고주알 다 털어 말했다.

이렇게 100여 리쯤 달려 어느덧 강 둔덕에 이르자, 녀인은 잠간만 소피를 보겠다며 마파리에서 내려 숲속으로 들어갔다. 좀 지나 전신무장한 사람 몇이 숲속에서 화닥닥 뛰쳐나오더니 마파리를 향해 드센 불을 내뿜었다. 그 통에 마파리 등에 앉아 있던 두 놈 호위병은 미처 어쩔 새도 없이 총에 맞아 뻐드러졌다.

이때 팔에 상처를 입은 마가놈이 제 정신을 차리기도 전에 놀란 말들이 돌쳐서서 제 고장 쪽으로 냅다 뛰였다. 그 통에 마파리에 실었던 값진 보물들과 호위병 놈이 지녔던 총이 땅바닥에 지저분하게 널렸다.

하여 항일군들은 손쉽게 총과 재물을 거두어 가지고 그 '녀인'과 더불어 본거지로 돌아섰다. 겨우 목숨을 부지해 집에 돌아온 마가 놈은 상전에게 바치려던 값진 보배보불을 몽땅 잃은 데다 일본 상관으로부터 상으로 받은 총까지 녀 항일군의 술책에 넘어가니, 사실 멧돼지보다 더 우둔하다는 상관의 호된 질책까지 받게 되었다. 그러자 너무도 원통하여 사흘 낮과 밤을 땅을 치며 대성통곡하다가 끝내 저승으로 가고 말았다 한다.

그로부터 많은 사람들은 이 마을 이름 마거자(馬居子)를 친일주구 마가가 통곡치다 죽은 곳이라 하여 마곡성툰(馬哭聲屯)이라 고쳐 부르게 되었다고 한다.

그런데 그 녀인은 실상 진짜 녀인인 것이 아니라, 흡사 녀인처럼 생기고 말소리까지 녀인마냥 부드러운 홍범도 구국군부대의 한 나젊은 남성 대원으로 이날 일부러 슬쩍 녀장을 해가지고 마가를 항일군 매복권까지 유인해 가서 상술한 큰일을 손쉽게 성사시켰던 것이다.

💥 유고문과 경고문

··· 발췌 : 강룡권, 김석 편저, 『홍범도장군』, 연변 인민출판사, 1991.8.

• 유고문

인민대중 속에서 산생, 장대한 홍범도의 독립군 부대는 언제나 인민대중의 근본적 리익을 수호하여 마지막 피 한 방울까지 다 바쳐 싸웠었다.

이때 일제의 회유책에 걸려 량심 잃은 자와 개인 리득에 눈이 어두운 무리들은 성망이 높아가는 독립군의 명의를 편취해 가지고 의연금을 모집한다는 미명하에 도처에서 백성들과 금전과 재물을 략탈하고 독립군의 군복을 입고 날강도의 만행을 저질렀다. 이런 몰염치한 행위는 중국 동북지방에 이주한 조선 동포들에게 많은 피해를 끼쳤고, 독립군 부대의 성망에 큰 손상을 주었다.

이에 홍범도 장군은 강개의분하여 자신과 박경철, 리명채의 명으로 유고문을 작성하여 각지에 널리 반포하였다.

그 전문은 아래와 같았다.

> 유고문
>
> 천도가 순환하고 민심이 응합하여 우리 대한독립을 세계에 선포한 후 우로는 림시정부가 있어 군국대사를 주관하며, 아래로 민중이 단결하여 만세를 제창할 새, 어시호(於是乎) 우리의 공전절후(空前絶後)한 독립군이 동하였도다. 슬프다! 강권 아래서 오직 성의, 인도만 주장함도 불가능한 일이요, 무권지민(無權之民)으로 한갓 평화회와 련맹회만 의뢰함도 불가능한 일이 아니뇨. 그러므로 혹 가산을 방배하여 혹 고금(雇金)을 얻어 무기를 준비함은 배성일전(背城一戰)에 성하지맹(城下之盟)을 언약코자 함이니 오히려 경동(輕動)하지 못함은 오직 정부로 광명정대한 선

전을 기다림이라.

　이제 전설을 들은즉, 간도 방면에서 무뢰지배가 기회를 타서 혹 인장(印章)을 자의로 조작하여 독립군을 빙자하여 민간에 강제 모연(募捐)도 하며, 혹 군복을 가장하며 무기를 휴대하고 각 동리에 시위적 작란(作亂)이 비일비재라 하니, 민심이 소요할 것은 물론이요, 장차 외모(外侮)가 멀지 않을 것이다. 당당한 독립군으로 몸을 포연탄우 중에 던져 반만년 력사를 광영하게 하며 국토를 회복하여서 자손만대에 행복을 줌이 우리 독립군의 목적이요, 또한 민족을 위하는 본의라 어찌 일개 지방 소단체에 편의(偏依)하여 군중풍기를 문란케 하리오? 본 대장은 이를 통탄민휼(痛嘆憫恤)하여 이에 유고하오니, 지금 이후로 이와 같은 리매망량(魑魅魍魎)의 무리가 촌가에 출몰하거든 당해 동리로 엄히 징치(懲治)하되, 만약 세력이 부족할 때는 즉시 본 대에 보고하여 군율(軍律)로 처치하기를 일반 국민은 근신(勤愼). 심득(心得) 할지어다.

- 대한민국 원년 12월 ○일
대한독립군 의용대장 홍범도
동원 박경철
리명채

• 경고문

　홍범도 장군은 또 망국의 수치를 달갑게 받아들이고 일제침략자들의 주구가 되어 독립운동과 반일무장투쟁을 저애하는 민족의 망나니들에게도 '대한독립군'의 명의로 경고문을 작성해 반포하였다.

　그 전문은 아래와 같았다.

　　순사 보조원에게 특히 고하노라.(기타 밀정 등 함께 보라.)

　　경술년 이후 특히 작년 3월 이후로 동포 간에 질시(疾視), 배척되는 자 있으니, 이것이 곧 일본의 창귀(伥鬼)와 응견(鷹犬)인 자이다. 누구나 모두 기회

있을 때마다 이들 도배를 섬멸하려고 하는데 이것은 충분의노(忠憤義怒)에서 나오는 것이다. 혹 아무리 허물이 없다 하더라도 어찌 이런 일이 있을 것인가.

사실 자기의 조국, 자기의 동족을 잔해하여 이종(異種)에 헌충(獻忠)하는 자는 천인(天人)의 공노(共怒)를 초래함은 물론이요, 자신 역시 깊은 밤 잠자리에 들 때나, 많은 새벽녘 자리에서 일어날 때는 상당히 생각되는 바 있고 죄책을 깨달을 것이다. 아, 천하에 어찌 이족을 위하여 동포를 잔해하는 것이 인생의 본분이고 사명일 것이냐? 사람은 구복(口腹)만을 위하는 것이 아니다. 먹는 것 외에 다시 할 일이 있다. 의리가 있고 사랑이 있는 것이다. 이것이 없다면 자기 생각으로는 잘했다고 하더라도 타인은 자기를 천종(賤踪)으로 삼고 공리(公理)는 자기를 죄인으로 삼는다.

지금 저들 일인(日人)이 군(君) 등을 선인(善人)이라 한다 하여 믿고, 또 가장 친선하는 것 같지만 그 내심으로는 천종(賤踪)으로 보고 매국노라고 인정하는 것을 모르는가? 눈이 바로 박힌 사람은 군 등을 사람이라고 할 자 없다.

우리들은 지금 도수(島讎, 즉 섬나라의 원쑤)를 몰아내고 조국을 광복하려고 의군을 일으켰다. 이때를 당하여 군 등이 만일 회개하지 않는다면 역시 적과 동일시 할 것이다. 우리 어찌 동포를 해하는 일을 좋아서 할 것인가? 독립을 위하여 부득이한 일인 것이다.

그러나 우리는 정의와 인도에 의하는 것이니만큼 군 등이 전에 아무리 악독하였다 하더라도 회개만 한다면 해할 의사를 가지지 않을 것임은 물론 환영할 것이요, 또 원한다면 독립군에 편입하는 것도 허락할 것이다. 다만 적청(敵廳)에서 나오기 전이나 또는 나온 후에나 회개하였다고 인정할 만한 증표(證表)가 없으면 안 될 것이다.

군 등은 이 시기에 속히 각성하여 화를 면할 것을 도모하라. 독립 후에는 후회막급이다. 제군, 우리들의 동포여! 우주 간 인류로서 모두 사모하고 모두 받드는 조국을 생각하라. 그리하여 사망의 구렁에서 나와, 구속의 우리에서 떠나, 압박의 그물에서 벗어나서 극락세계의 활약무대의 자유천지에서 함께 **노는** 것이 이 얼마나 쾌사가 될 것인가!

대한민국 2년 3월 ○일
대한독립군

이 유고문과 경고문은 홍범도 장군이 인솔하는 독립군 부대가 이르는 곳마다에서 어찌하여 이렇듯 백성들의 열렬한 애대(愛戴)[37]와 지지를 받게 되었던가를 충분히 보여주고 있다.

동시에 홍범도 장군이 그렇듯 간거(艱巨)[38]하고 복잡다단한 환경 속에서도 그 수량과 장비가 엄청 월등한 일제와의 투쟁에서 어찌하여 능히 백전백승할 수 있었던가를 충분히 보여주고 있다.

---

37) 존경 또는 사랑.
38) 일이 번잡하고 곤란이 많다.

안중근 의사에 관한 전설

✿ 어머니, 웃으십시오.[1]
··· 구술 : 김기석, 1954

할빈역에서 일제 침략의 괴수 이등박문을 죽인 뒤 일제에 의해 려순 감옥에 갇힌 아들 안중근을 보기 위해 찾아갔던 어머니가 안중근을 보고 하염없이 눈물을 흘리자 안중근은

> 만났도다 만났도다
> 원쑤 너를 만났도다
> 너를 한번 만나려고
> 로청 량지 지날때에
> 앉은 때나 섰을 때나
> 살피소서 살피소서
> 구주 여주 살피소서
> 너의 짝패 몇 만이냐
> 오늘부터 시작하여
> 몇 해든지 작정하고
> 대한 칼로 다 베이리

"이렇게 나는 맘속으로 항시 노래를 부르다 드디어 할빈역에서 원쑤 이등박문을 사살하여 나의 평생 소원을 다 풀었는데 어찌하여 어머니는 울기만 하십니까! 이 아들을 자랑하여 어서 기쁘게 웃으십시오, 어서요!"

이리하여 어머니는 "오냐, 장하다 내 아들, 아니 대한제국의 장한 아들로 장한 일을 하였도다!"라고 하시며 활짝 웃어 보였다.

그러자 안중근은 "어머니, 우리나라가 독립되거든 이 내 령혼을 꼭

---

[1] 이 이야기 제공자 김기석은 나와 중학교 동창생으로서 안중근 의사와는 먼 친척이 된다고 하였음.

금수강산에 데려다 주세요!"라고 했다.

　그러자 어머니는 아들의 드넓은 도량과 흉금에 한없이 감동되어 기쁨의 눈물을 흘리시며 "오냐, 내 알았다. 꼭 그리 하리로다!"라고 했다고 한다.

안중근 의사에 관한 자료를 수집(명월구에서)

● 호되게 언어맞은 일본인 교장
　… 구술 : 최훈, 1976, 겨울

　이것은 1945년 8월15일 일본제국주의 침략자들이 무조건 투항을 선포하기 썩 전 중국 연변 안도현 명월구 일본 명의소학교에서 있은 일이였다.

　그때 이 소학교 4학년 급에, 당시 명월촌 공서(지금의 현급 아래 행정기구)에 다니는 아버지를 둔 조선인 학생 하나가 있었는데 그는 어느 날 아버지한테서 이등박문이란 조선통감으로 있던 일본 침략자의 괴수가 할빈 기차역에서 조선의 항일의사 안중근에게 통쾌하게 사살되었다는 말을 얻어 듣게 되었다.

그의 아버지는 비록 놈들 기관에서 일을 보고 있었지만, 애국애족심이 강한 정직한 사람으로서 안중근이 이등박문을 죽여버린 장거를 그의 가정 식구들에게 아주 깨고소히 이야기 해주었던 것이다.

이에 그 리 씨 학생은 이 통쾌한 일을 전반 학생들에게 알릴 생각으로 그날 아침 따라 남보다 더 일찍 등교하여 흑판에다 팁수룩 긴 수염을 늘인, 나이를 잔뜩 먹은 이등박문이 총탄에 맞아 쓰러진 위에 총을 든 장년 안중근이 올라서서 만세를 부르는 장년의 그림을 그려 놓았던 것이다. 그리고 그 밑에 일본 글로 그럴 듯 설명까지 써놓았었다.

뒤미처 학교에 등교한 많은 학생들이 이 그림을 보게 되었고 이윽고 상학시간이 되자, 한 나젊은 일본인 남자교원이 교학하려 들어왔다가 이 그림을 보게 되었는데 그는 이 그림을 보자 깜짝 놀라 교학이고 뭐고 얼른 교장한테로 뛰어가 보고하게 되었다.

"뭐, 안중근이가 우리 일본대제국 이등박문 각하를 사살하고 그 우에 올라서서 반자이(만세)까지 부른다고? 신성한 우리 일본대제국 학교에서 감히 이런 불측한 일이 생기다니?!"

혼비백산 경악한 일본인 교장은 즉시 그 교실로 뛰어들어가 이 '불측무도'한 그림을 지워버리고, 이 그림의 장본인 리 씨 학생을 사출해 내게 되었다.

코뿔레기 조선인 죄꼬만 아이가 감히 이런 짓을 피워 인심을 소란시키다니!

그 교장은 단통 이 아이를 앞에 끌어내여 귀뺨을 부리나케 치고 나서

단통 학교에서 내쫓았다.

학교에서 교장한테 호되게 얻어맞은 외, 출학까지 당한 그 학생은 곧추 촌 공서 내달려가 이 억울한 일을 아버지에게 고자질했다. 아들의 얻어맞은 참상과 학교에서 쫓겨났다는 말을 들은 그 리 씨 직원은 이 일을 곧추 명월구 일본경찰서 부서장에게 미주알고주알 보고했다. 그 부서장과 리 씨 촌공서 직원은 그 관계가 아주 밀접했던 것이다.

그러자 그 부서장은 이 일을 즉시 서장에게 보고하게 되었고, 그 서장은 곧 일본 경찰 몇 명을 파견하여 명의소학교 일본인 교장을 호출했다.

"너 이놈, 감히 철부지 아이를 잘 타이를 것이지. 그렇게 참혹하게 때리고 학교에서까지 축출하다니? 그는 비록 철부지 조선 애이지만, 그의 아버지는 우리 일본촌공서의 훌륭한 일군이란 말이야!"

경찰들은 다시는 더 무법한 일이 없도록 하련다고 다짐할 때까지 일본인 교장을 호되게 때려 붙였다.

바로 이번 일로 하여 안중근에 의해 이등박문이 하늘나라로 떠나 가버린 사실을 광범한 하층 인민들이 알지 못하게 덮어 감추려던 일이 끝내 널리 들어나게 되었고, 또 이로 하여 많은 백성들은 안중근과 같은 항일 의사들에 의해 일본 놈들이 그 어느 때건 꼭 망하리란 것을 확신하게 되었던 것이다.

명월구

🌑 안중근 거사에 감탄한 장개석

… 구술 : 할빈시 조선족 로인독보조, 1982.8

　일찍 윤봉길 의사는 중국 상해 홍구공원에서 투탄행동으로 일본 군부 상해 파견군 총사령관 시라가와 요시노러, 상해 일본거류민 단장 가와바다 사다쓰구 등을 죽이고, 총사령 무라이를 중상 입히고, 제3함대 사령관 노무라 기찌사부로 중장을 실명되게 하고, 제9사단장 우에다 겐기찌 중장을 다리가 절단되게 했고, 중국 주둔 공사 시게미쓰 마모루를 절름발이가 되게 만들었다.

　당시 중화민국 대통령인 장개석은 윤봉길이 투탄하여 이렇듯 큰 기사를 이룩했다는 소식을 듣자, "오, 우리 중국의 100만이 넘는 대군도 해내지 못한 일을 조선인 청년이 해내다니 정말 대단하다."하고 감탄하고, 그 당시 김구가 령도하는 대한민국 림시정부를 하찮게 보아 아무런

관심 없이 지내던 데로부터 많은 도움을 주게 되었다고 한다. 이건 확실한 력사적 사실이었다.

그럼 모두가 거의 알고 있는 사실이지만 먼저 윤봉길에 대해 좀 더 자세하게 말해보기로 하자.

그는 1908년 6월 21일 조선 충청남도 덕산군 현내면 시량리에서 출생. 1938년에 "장부가 뜻을 품고 집을 나서면 살아 돌아오지 않는다."는 글귀를 남기고 중국으로 건너와 상해로 들어갔다.

그러다 1931년 겨울 대한민국 림시정부 국무령 김구를 찾아가 한인애국단에 가입, 1932년 4월 29일 상해 홍구공원에서 열리는 일본천황의 생일연회 즉 천장절과 상해 점령 전승일 기념행사장에 폭탄을 가지고 새여 들어가 11시 50분 일본국가가 울려 퍼지는 순간 물통폭탄을 던져 세계를 놀래우는 거사를 단행했던 것이다.

그는 1932년 5월 28일 사형을 선고받고, 그해 12월 19일 일제에 의해 총살당했었다. 그는 1946년 6월 30일 한국 효창공원에 안장되고 1962년 건군훈장 대한민국장에 추대되었었다.

이렇듯 세상을 경악케 하고 일본 놈들의 간담을 서늘하게 한 항일투사였기에 장개석마저 감탄해마지 않았던 것이다.

그런데 필자가 일찍 사처로 다니며 채집 탐문한 데 의하면 장개석도 안중근이 일본 침략의 괴수 이등박문을 사살한 데 대하여 몹시 감탄했다고 하였었다.

이 사실여부에 대하여 과학적으로 확증할 수는 없지만 우리 민족 항간에 널리 떠도는 이 전설 자체는 안중근에 대한 긍정이며, 우리 민족의 귀중한 문화유산의 하나라는 점에서 오늘 추호의 주저심도 없이 이렇게 "안중근의 거사에 감탄한 장개석"이란 전설을 떳떳이 세상에 내놓는 바이다.

안중근이 이등박문을 죽인 뒤의 세계적인 반향
··· 구술 : 황구연, 연변 룡정시 룡수평, 1984

안중근이 할빈 역에서 이등박문(이또 히로부미, 1905년 초대 한국통감, 1907년 정미년에 조선황제를 페하고 조선군대를 해산시킨 괴수)을 죽인 뒤 려순 감옥에 감금되어 일제 놈들의 갖은 악형과 심문을 받았다.

그때 그는 "내가 이등박문을 죽인 것은 사적인 것이 아니라 나는 대한의군참모총장 겸 특파 독립대장, 아령지구군 사장으로서 한국 침략의 원흉 이등박문을 처형한 것이다."라고 떳떳이 선언했다.

그는 또 사형선고 받은 뒤 이런 시를 남겼으니

爲國獻身軍人本分 (나라를 위해 몸을 바치는 것은 군인의 본분이라)
一日不讀書口中生荊刺 (하루라도 책을 읽지 않으면 입안에서 가시가 돋
  힌다)

안중근 의사가 이등박문을 쏘아 죽인 소식은 나래 돋쳐 조선은 물론 온 세계 방방곡곡 널리 퍼져 나갔다.

1910년 4월 16일 영국 신문에서는 "세계적인 재판의 승리자는 안중근이였다. 그는 영웅의 월계관을 거머쥔 채 자랑스럽게 법정을 떠났다. 그의 입을 통해 이등박문은 한낱 파렴치한 독재자로 전락했다."라고 보도했다.

중화인민공화국의 초대 총리 주은래의 부인 등영초는 일찍 자신의 자서전에서 "우리는 1938년 조선의 영웅 안중근이 일본의 이등박문을 사살한 사건을 다룬 <안중근이 이등박문을 죽이다>란 연극을 공연했다. 그때 남편 주은래가 여자 역을 맡았고 나는 남자의 역을 맡았었다."라고 회상했다.

일찍 중화민국을 창립한 손중산은 "안중근의 공적이 삼한과 만국을 돕고 백세와 춘추에 빛나리라."라고 하였고, 1931년 일본에서까지 안중근의 공을 찬양하는 <안중근 의사>란 연극을 공연했었다.

중국 흑룡강성의 성장이었던 진뢰는 일찍 자신의 회상기에서 "안중근은 맘속에 애국열정의 불을 지펴주었었다. 내가 항일혁명투쟁에 나선 계기는 바로 안중근을 숭배하고 따라 배우는 것에서 시작되었다."고 하였다.

이렇게 놓고 보면, "눈보라친 연후에야 송백이 기울지 않음을 아느니라."고 한 안중근 의사의 다른 한 자작시구의 어엿한 실현이었다고 할 수 있겠다.

✿ 깜짝 놀란 이등박문
··· 구술 : 허문, 안도현 석문진 란니초, 1972.12.28

그 어느 때인가 한 차집에서 차들 마시고 난 이등박문이 한 조선 아동에게 돈 10원(그 당시 10원이면 보통 가정에서 10년간 채소를 사먹을 수 있는 비용)을 내주며 "애, 너 이렇게 많은 공돈이 생겨보긴 처음이지?" 하고 물었다.

그랬더니 그 아이가 대답은 없이 그저 빙그레 웃기만 했다.

"아니 웬일이냐? 이보다 더 큰돈을 공으로 가져본 일이 있었더란 말이냐?"

"있구 말구요."

"그래 어떤 사람이었더냐?"

"대한사람이었어요."

"그래 얼마를 주더냐?"

"50원을 줍데다."

그 말에 이등박문이 "50원이나?" 하고 깜짝 놀라며 아연실색했다.

하긴 자기보다 흉금이 더 크고 담략이 더 큰 사람이 있으니, 그는 결국 자기를 없애치울 사람이 있다는 것을 알게 되었다고 한다.

그 흉금이 코고 담략이 더 큰 사람이 바로 안중근, 그래서 각별 조심하느라고 했지만 결국 할빈역에서 안중근에게 딱살 먹고 저승으로 가게 되었던 것이다.

안중근이 이등박문을 사살한 할빈역(오른쪽이 채록자)

홍범도 장군 가송 민요

손님 대접 잘 합시다
　… 구술 : 채만규, 안도현 송강진, 1983

산 너머에서 손님 왔소
이밥하고 닭 잡읍시다
총을 멘 손님이니
정성 다해 대접합시다

동네동네 여러분들
손님 대접 잘 합시다
손님 대접 잘해야만
나라 찾고 잘 산답니다

건달놈아
　… 구술 : 박현록, 안도현 명월진, 2000.2.17

총칼 차고 절컥절컥
센또보시 메가네 건방지구나
네 아무리 잘난 척 우쭐대여도
그 언젠가 뒈질 날이 멀지 않았다

총칼 차고 절컥절컥
센또보시 메가네 우쭐거려도
의병들과 맞서는 날 뒤여진단다

🐝 패암 패암 밀보리야
··· 구술 : 우병옥, 안도현 복흥구 복만촌, 1960.9

패암 패암 밀보리야
어서 어서 피여나라

패암 패암 밀보리야
어서 어서 염글어라[1]

나라 찾아 쌈 싸우는
독립군에 보내가게

🐝 홍 장군이 오신다네
··· 수집 : 북경시 조선민족학원 독보조, 1983.8

산까치 노래하네 깍깍깍
기쁜 소식 오는가봐 까깍깍
반가운 일 생기누나
어서 어서 나무 패세
어서 어서 밥 지으세
홍 장군이 오신다네
승리하고 오신다네
우리 마을 오신다네

---

1) '영글어라'의 연변식 표현.

✿ 홍 장군 손을 드니
··· 수집 : 북경시 조선민족학원 독보조, 1983.8

홍 장군 손을 드니
천군만마 내달리네

홍 장군 명령하니
왜놈들이 벌벌 떠네

홍 장군 개선가에
산천초목 환호하네

✿ 홍 장군
··· 수집 : 북경시 조선민족학원 독보조, 1983.8

조선에 나타났네
왜놈들 족치는 장군

중국에 나타났네
왜놈을 족치는 장군

장군은 누구?
천군지휘 홍 장군!

☀ 장군님을 찾아가야
··· 구술 : 박순탄 · 허정희, 길림성 안도현 차조촌, 1962

가자가자 찾아가자
홍 장군님 김 장군님[2]
독립군을 찾아가자

장군님을 찾아가야
일제무리 쳐부수고
대한독립 이룩하지

☀ 토벌대 놈들 코를 꿰여
··· 구술 : 방수만, 연변 훈춘시

가고 가고 또 가오
심산밀림 깊은 골로
왜놈 끌고 들어가오

토벌대 놈들을
코를 꿰여 들여다
풍지박산(風地雹散)[3] 낸다오

---

2) '홍 장군님 김 장군님'은 홍범도, 김좌진 두 장군을 일컬음.
3) '풍비박산(風飛雹散)'을 연변에서는 '풍지박산'으로 흔히 씀.

☀ 그대 죽음 위대하다[4]
··· 구술 : 전남석 등, 화룡현

벼락 치던 바위 아래
쓰러진 독립군용사
일제를 내몰고
조국을 찾기 위해
용감히 싸우다 쓰러진
그대 죽음 위대하다
천추에 빛나리

☀ 어머니 리별[5]

떠나는 이 몸은 독립군으로
떠나갑니다
엄마 엄마 저의 생각을랑
잊어주세요
일본 놈 쳐부수고
승리하는 날
엄마 찾아 춤추며
돌아오렵니다

---

4) 일제토벌대와의 싸움에서 장렬히 희생된 독립군 의병들을 추모하여 부르던 노래.
5) 대한독립군 입대를 탄원해 떠나면서 어머니와 석별하는 아들의 절절한 심경을 반영한
노래.

보아라 독립군의 날리는 기발

··· 구술 : 김승철, 안도현 량병향 보광촌, 1958.6

하늘을 무대 삼아 떠도는 우리
찬 이슬 잔디밭이 두려울소냐
운다고 궂은비 아니올소냐
나가자 싸우자 반일 전선에
보아라 독립군의 날리는 기발
그 아래 굳게 뭉쳐 싸워 나가자

고향인 안도현 량병향 보광촌에서 로농자들을 통해 수집

🌸 모두들 나서자 홍 장군님 따라서

… 구술 : 리원걸, 길림성 안도현 명월진, 1982.1

삼천리 강산에 은금보화 너미고
반만년 력사를 자랑하는 내 나라
간악한 왜놈들 이 땅에서 내쫓고
해방의 종소리 높이 높이 울리려면
모두들 나서자 홍 장군님 따라서
모두들 나서자 홍 장군님 따라서

🌸 우리네 홍 장군 왔고나

… 구술 : 서영식, 안도현 석문구 차조촌, 1969.1

왔다 왔다 왔고나 우리네 홍 장군 왔고나
우리네 홍 장군 왔고나 승리의 기발 날린다
에헤 에헤야 우리네 홍 장군 왔고나
에헤 에헤야 우리네 홍 장군 왔고나
승리의 기발 날린다 에헤 에헤야
우리네 홍 장군 왔고나 에헤야

🌸 자장가 1

구술 : 신득송, 길림성 안도현 광흥촌, 1960.9

자장자장 우리 아기

눈이 커서 잘 찾고

코가 커서 잘 맡고

귀가 커서 잘 듣고

입이 커서 잘 먹고

손이 커서 통 크고

발이 커서 잘 걷고

자장 자장 울 아기

은자동아 금자동

어서 어서 크거라

어서 빨리 자라야

일본 놈을 내쫓고

잃은 나라 찾자야

범도 장군 따라서

우리 나랄 찾지야

🌸 자장가 2

구술 : 사순옥, 안도현 차조구촌, 1960 겨울

하늘같이 높으거라

태산같이 우람져라

고이고이 맺힌 설음
서리서리 풀어다오

바다같이 깊으거라
나무같이 무병 커라
남전북답 빼앗긴 땅
네가 네가 찾아다오

설음 많은 이 세상을
웃고 살게 하여다오
의병되고 영웅되여
잃은 나라 찾아다오

☀ 자장가 3

··· 구술 : 박순탄 · 허경희, 안도현 석문구 차조촌, 1962 겨울

아가야 우지 말라 우지를 마라
네 아버지 만주 땅의 그늘 밑에서
삼천만의 무산동포 행복을 위해
홍범도 의병대에 가시었단다

☀ 자장가 4

… 구술 : 리창직, 안도현 석문구 경성촌, 1963 겨울

아가야 우지마라 우지를 마라
네 아버지 만주 땅에서
이천만의 무산동포 행복을 위해
항일의 의병대에 가시였단다

아가야 웃어다오 웃어를 다오
네 아버지 만주 땅에서
이천만의 무산동포 행복을 위해
승전의 기쁨 안고 돌아온단다

☀ 홍범도 장군 따라 광복합시다[6]

… 구술 : 손일청

잊었나 잊었나 일제 원쑤가
합병한 수치를 네가 잊었나
삼천리 강산의 조상 나라를
우리의 손으로 광복합시다
홍범도 장군따라 광복합시다

---

6) 지난 세기 20년대 연변 각 조선인 사립학교들에서 널리 불리던 노래.

✿ 홍 장군 승전하니

··· 구술 : 서영환, 안도현 석문구 차조촌, 1965, 겨울

홍 장군 명령하니
천군만마 내달리네

홍 장군 총을 쏘니
왜놈들 벌벌 떠네

홍 장군 승전하니
백성들 만만세라!

안도현 석문진 차조촌의 로인들을 모시고 봄나들이를 하면서 홍범도 장군의 발자취를 찾아 고찰(1964년 앞줄 왼쪽이 채록자)

● 눈

…구술 : 최옥단, 길림성 왕청현 라자구, 1962 겨울

엄마 눈은 새별눈
할매 눈은 쪼풀눈
지주 눈은 덮개눈
왜놈 눈은 퉁방울눈
백발백중 총을 쏘아
퉁방울눈 멀리 보자
홍범도 의병처럼
왜놈 눈을 멀리 보자

● 홍 장군 싸운다

…구술 : 차성준, 돈화시 홍석향

싸운다 싸운다
홍 장군 싸운다

홍 장군 번뜩
왜놈이 쓰러진다

홍 장군 뚜루룩
열 놈 백 놈 쓰러진다

☀ 질자타령 1[7]

… 구술 : 김흡섭, 길림성 안도현 북도촌, 1960

삼국풍진 싸움질

유월염천 부채질

세우강변 낚시질

심산궁곡 도끼질

랑목공산 갈퀴질

젊은아씨 바느질

늙은영감 잔손질

의병들의 총칼질

백발백중 총칼질

☀ 질자타령 2

… 구술 : 박경기, 연변 룡정시, 1955

류월염천 부채질

물새강변 낚시질

심산궁곡 도끼질

젊은 아씨 바느질

늙은 령감 진말질

왜놈 군대 토벌질

---

7) 일제를 무찌르는 의병들을 찬미하여 부르던 노래.

의병군대 총칼질
총칼질에 포볼싹[8]
왜놈무리 통곡질

이 다음에 잘 살거든

··· 구술 : 박유현, 화룡시 숭선진, 1997.8

오라버니 오라버니
개떡 줄까 쇠떡 줄까
꽁보리밥 된장찌개
풀나물에 랭수 대접
놀러왔다 돌아가면
우리 살림 숭을 마오
이 다음에 잘 살거든
우리나라 되찾거든
찰떡 치고 닭도 잡고
주육만찬 대접하리

---

8) '폴싹'의 생동한 표현. '하얀'을 '하아얀'으로 표현하는 것과 동일한 언어학적 원리임.

✿ 독립군과 백성

… 수집 : 연변 왕청현 라자구 전진촌 로인독보조, 1961 겨울

독립군과 백성은 고기와 물
고기는 물 떠나 살 수가 없네
독립군은 백성들의 도움을 받아
일본 놈 쳐부수고 나라를 찾네

독립군과 백성은 굳게 단결해
진리의 총검을 억세게 잡았네
침략자 일제를 때려부시고
잃어버린 금수강산 찾아 싸우네

✿ 해방의 종소리 높이 울리자

… 구술 : 연변 돈화현 홍석향 로인독보조, 1978 겨울

아침의 해빛이 아름답고 곱다고
그 이름을 조선이라 불렀네
이처럼 빛나고 아름다운 내나라
이 세상 그 어데서 찾아볼 수 있으랴

삼천리 강산에 금은보화 님치고
반만년 력사를 자랑하는 내 나라
간악한 왜놈무리 깨끗이 내쫓고
해방의 종소리 높이 높이 울리자

🖋 토벌대 놈들 도망만 치네

··· 구술 : 서영환, 안도현 석문구 차조촌, 1965 겨울

바위가 우중충 벼랑길로
토벌에 내몰린 괴뢰군 놈들
왜놈장교 도즈께끼 고함질러도
아이고 내 죽소 도망만 치네

앞선 놈 의병을 발견하고서
홍범도 나타났다 고함지르니
장교 놈 도즈께끼(とつげき)[9] 소용 있으랴
일본 놈들 내 꼴 봐라 도망만 치네

🖋 오솔길

··· 수집 : 북경시 조선민족학원 독보조, 1983.8

가둑나무 우거진 오솔길로
토벌에 내몰린 왜군 놈들
장교 놈의 도즈께끼 고함소리에
와들바들 떨면서 눈 먼 총질만 한다네

깎아지른 벼랑바위 오솔길로

---

9) '돌격하라'.

토벌에 내몰린 왜군 놈들
홍 장군이 나타났다 고함소리에
내 꼴 봐라 아이고고 도망만 친다네

☀ 씨앗은 고이 땅에 묻기오
··· 구술 : 서영원, 안도현 석문구 차조촌, 1965 겨울

연변 땅 어디나 산열매 천지
살구며 돌배며 참배며
일본 놈 족치며 행군하다
대원들과 함께 산열매 먹던
홍 장군 대원들에게 말씀하셨네
산열매는 마음껏 따 먹지만
씨앗은 고이고이 땅에 묻기오
우리의 후손들이 여기 오면은
주렁진 열매를 마음껏 따먹게

☀ 홍범도 장군 따라 단결로 세우자
··· 구술 : 박순탄 · 허정희, 길림성 안도현 차조촌, 1962

백두산의 한 방울 두 방울
비방울이 모여서 압록 두만강 이루고

대소하천 모여들어 태평양 된다
약자의 무기는 단결에 있고
우리의 승리도 단결에 있다
왜놈의 쇠사슬도 단결로 끊고
우리의 독립도 단결로 세우자
홍범도 장군 따라 단결로 세우자

✽ 응원가[10]
··· 구술 : 현석산, 안도현 봉녕구 보광소학교, 1954

륙상의 패왕 대한의 건아들
번개 같고 맹호 같다
싸워라 대한의 건아들
영예의 기발 날린다
무쇠 같은 다리
화살같이 나갈 때
빛나는 그 영광
우리들의 것이다
오, 대한 건아, 대한의 건아들!

---

10) 이 노래는 항일 의병들이 활동하는 지역들에서 운동대회를 할 때면 당지 백성들이
늘 즐겨 부르는 응원가였다고 함.

✿ 왜놈의 눈

··· 구술 : 최옥단

왜놈 눈은 퉁방울 눈
백성 보면 돈 내라고
백성 보면 닭 잡으라
굴려 굴려 퉁방울 눈

왜놈 눈은 퉁방울 눈
의병 보면 아이고고
아무데고 똥 싸면서
뒤여지는 개똥 눈

✿ 의병되여 싸우잔다[11)]

··· 구술 : 리근세, 안도현 삼도향 북도촌, 1960.9

금수강산 동변 반도
우리 집이요
백의민족 이천만은
우리 형제다
이역 마리 떠나온 몸
왜놈을 쳐부수며

---

11) 지난 세기 초 항일의병들이 부르던 노래.

환고향 하잔다
우리는 항일의 의병
결심코 내 조국 찾아 싸우자

● 달빛이 빛나네
··· 구술 : 서영환, 안도현 석문구 차조촌, 1965 겨울

달빛이 빛나네
대낮같이 빛나네
보름달 환히 밝혀주니
홍 장군님 지도를 펼치고
적들을 쳐부실 작전을 짜네

달빛이 빛나네
밤길을 환히 비쳐주네
홍 장군님 대오를 이끌고
일제를 쳐부셔 진군해 가네

☀ 아세아의 노예들아 련합하여

···구술 : 서영식 · 김응팔, 길림성 안도현 차조구, 만보구, 1969

아세아의 노예들아 련합하여
일본침략자를 타도하자
우리는 아세아의 진정한 주인
굳게 뭉쳐 일제를 쳐부수자
아세아의 노예들아 련합하여
우리는 주인답게 굳게 뭉쳐
재빨리 일제와 주구를 내쫓고
자유 평등 아세아를 일떠세우자

☀ 홍 장군 나타나면

···구술 : 방수만, 연변 훈춘시

홍 장군 나타나면
해님이 벙글 웃고
왜놈들이 나타나면
비 줄기가 쏟아지오

홍 장군이 나타나면
뭇꽃들이 활짝 피고
왜놈들이 나타나면
하늘 노해 벼락치오

🔥 세상이 용서하랴

··· 구술 : 방수만, 연변 훈춘시

푸른 하늘이 내려도 보오
남의 나라 땅을 삼켜 먹고도
대대손손 복 누리겠다니
세상이 어찌 용서하리오

푸른 바다가 올려도 보오
남의 나라 백성을 종 부리듯
온 세상을 다 먹자고 드니
세상이 어찌 용서하리오

🔥 홍 장군을 안 따르면

··· 구술 : 황옥단, 연변 훈춘시

울긋불긋 들었소
단풍 곱게 들었소
새가 새가 우짖소
풍년새가 우짖소

풍년 들면 뭘하오
홍장군을 안 따르면
출하공미 그 성화에
죽물 또한 어렵다오

🌑 의병의 노래

··· 구술 : 최국현, 길림성 안도현 차조촌, 1968.8.16

추풍이 소슬하니 영웅의 득이시라
장사가 없을소냐 구름같이 모여드네
어화 우리 장사들아 태산같이 뭉치자

의병들아 일어나서 왜놈들을 쫓아내고
우리 백성 보전하여 태평세월 맞이하세
어화 우리 장사들아 우리 대한 만만세라

🌑 감추가[12)]

어언간 3철은 지나가고
가을바람 서늘한데
단풍이 들어서니 등 시려라
먼저 난 양털은 빛을 잃고
노란 국화가 피었는데
이 세월 뜻 없으니
영웅호걸이 늙는다

---

12) 1920년 10월, 홍범도 장군과 함께 화룡현 삼도구 청산리에서 중무장한 토벌군 1천여
   명을 여지없이 무너뜨렸던 사령관 김좌진 장군이 애창했던 노래라고 함.

항일명장 김좌진 장군이 묵어갔던 회녕촌 집 자리(안도현 석문구 회녕촌)

왜놈 화상

··· 구술 : 최옥단, 길림성 왕청현 라자구, 1962 겨울

왜놈 화상 그려볼가
털도 없는 빤빤 대갈
왁새 코에 삐뚜레 입
살기 어리니 우멍 눈에
꽉 틀어쥔 총칼 끝엔
사람 피가 뚝 뚝
섬에서 온 발바리 놈
보기에도 흉하구나
어서 빨리 불을 달아

염라국에 보내가자
홍범도 장군처럼
염라국에 보내가자

✹ 어데까지 가니

··· 구술 : 서영식 · 서영찬, 길림성 안도현 석문진 차조촌, 1969.11.18

어데까지 가니?
마을까지 간다.
무엇하려 가니?
훈련하려 간다.
누구하고 가니?
우리 모두 간다.

어데까지 가니?
어디없이 간다.
무엇하려 가니?
왜놈치려 간다.
누가 누가 대장?
홍 장군님 대장!

🐾 불벼락 안기며 나올 때

… 노래 : 차성준, 안도현 석문구 북산골, 1978 가을

철차를 타구서 뿡뿡
륙로차 타구서 뛰뛰
총칼을 휘둘러 우쭐
내 세상 왔노라 날쳐도
그러자 진해서 망할 때
오래지 않으리 망할 때
날뛰는 호장이 으르릉
무적의 홍 장군 으르릉
불벼락 안기며 나올 때
그때면 그렇지 망할 때

🐾 순사 이놈

… 노래 : 김홍섭, 안도현 삼도향 북도촌, 1960.8

수수대 안경에
개가죽 나막신
무쇠철 박아서
뚜꺼덕 뚜꺼덕
금테도 비뚜레
양철칼 차고서
절거덕 뽐내도

홍 장군 비번쩍
어디로 뛸소냐
쫄쫄이 꼴랭이
어디로 뛸소냐

박산나게 때리자

… 노래 : 유병두, 안도현 복흥향, 1979.6

데굴데굴 굴려라
눈을 눈을 굴려라
무얼 무얼 만들가
센또보시[13] 모자에
칼찬 놈을 만들자
침략자 놈 왜놈을
징그럽게 만들고
엣다 젯다 때리자
박산나게 때리자
홍 장군님 본따서
박산나게[14] 때리자

---

13) せんとぼうし : 일본군 전투 모자.
14) '박살나게' 연변식 표현.

🌑 나그네 설음 말아라
··· 제공자 · 수집지점 · 년대 미상

하늘을 집을 삼아 떠도는 신세
동서남북 찬바람에 갈 곳이 없어
찬이슬 잔디 우에 쓰러져 울면
어머님의 옛사랑은 다시 그립다
비 오고 바람 부는 들창 밑에서
팔베개로 꿈을 꾸는 정든 동무야
운다고 궂은비 아니올소냐
귀뚜라미 울지 말라 희망이 온다
홍범도 장군 따라 희망이 온다

🌑 궁 군데야
··· 노래 : 김원문 노래, 연길현 로투구진, 1983 봄

무명필 감던 몸에
왜장이란 웬 말이냐
궁 군데야

초신 신던 두 발에
게다짝이 웬 말이냐
궁 군데야

왜놈의 이 세상 번져지고
대한독립 어서 찾자
궁 군데야

✹ 쌍통 맹통 꼬불통
··· 구술 : 김희천, 길림성 화룡시

불이 났소 불이 났소
우리 집에 불 났소
어서 와서 꺼주오
돈 많이 주겠소
쌀 많이 주겠소

일본 놈을 양애비로
계집 끼고 술 처먹고
곤드레 만드레
날치던 앞잡이 놈
쌍통 맹통 꼬불통

연[15]

… 구술 : 김명일, 1981

연아 연아 올라라

솔개같이 올라라

구름같이 올라라

간곳마다 올라서

승리소식 전해라

침략자를 족친 소식

무리죽음 안긴 소식

빠짐없이 전해라

민족영웅

… 노래 : 리창직, 안도현 석문구 경성촌, 1960

영웅 영웅

누가 영웅?

일제를 무찌르는

민족영웅 홍범도

영웅 영웅

누가 영웅?

---

15) 홍범도, 김좌진이 이끄는 의병대가 봉오동, 어랑촌, 고동하 전투들에서 왜놈들에게
    무리죽음을 안긴 뒤 아이들이 연을 띄우며 부른 노래.

대한독립 찾아오는
민족영웅 홍범도

🌑 내 조선 찾으리로다
··· 구술 : 김학범, 화룡시, 1961.8

좋다 조선
좋아 조선
삼천리 금수강산
조선은 좋아
죽어도 조선
살아도 조선
내 조선이라
홍 장군 따라야
내 조선 찾으리로다

🌑 홍 장군 나간다
··· 구술 : 차성준, 돈화시 홍석향

니긴다 나간다
홍장군 나간다
버칠령 고개로
왜놈 치러 나간다

나간다 나간다
홍 장군 나간다
총을 메고 척 척
왜놈 치러 나간다

민요와 지명전설에 유관된 현장을 찾아 고찰(돈화시 하발령 2001년)

✺ 애민가

… 구술 : 채만규, 안도현 송강진, 1983

물 떠나 고기는 살 수 없으며
백성 떠나 군대는 있을 수 없다
백성의 바늘 한 개 실 한오리

쌀 한 알 한 쪼박지 헝겊이라도
범하거나 손해를 끼치지 말자
화평 민주 독립 위해 싸워나가며
인민 위해 싸우는 홍 장군 의병군

☀ 소문 내볼가
… 구술 : 신정식, 안도현 송강진, 1969.8

토벌하다 얻어맞은
꿈을 꾸다가
왜놈새끼 중대장
오줌 쌌다네
홍장군님 겁나서
총 한방 못 쏘고
도망치다 찔 찔
오줌 싼 왜놈새끼
온 세상에 내볼가
소문 소문 내볼가

✿ 안심하소서

… 구술 : 전남석, 안도현 명월진, 1981

고향을 떠나올 때 마을 사람들
동구 밖에 오래도록 손을 저으며
기어코 승리 소식 전하라던 부탁
아, 언제나 눈에 삼삼 귀에 쟁쟁해
홍대장님 받들고 왜적을 치니
산도 물도 쥐락펴락 일월이 황황
언제나 왜놈을 박살내이니
아, 마을의 여러분들 안심하소서

✿ 앞으로 앞으로

… 구술 : 김승철, 흑룡강성 해림현, 1957

반일의 세찬 불길 타오른다
구국군의 항쟁은 불타올라
눈부신 그 빛발 휘뿌리고
붉은 피로 새 세상 찾아온다
장하다 항일구국
렬사들의 피어린 발자국 따라
총칼을 튼튼히 틀어잡고
일제를 겨냥해 앞으로 앞으로
최후의 승리는 우리의 것
홍 장군 구국군 우리의 것!

의병 따라 헌 사회 부시자

··· 구술 : 송명환, 안도현 명월진, 2008.3.2

광명을 찾아서 암초 많은 산으로
감옥살이 두려우랴 의병 따라 앞으로
어느 곳의 감옥이 내 집처럼 되어도
단두대의 이슬돼도 겁날 것 없다

침략자 잘 살고 인민대중 못 사는
나라 없는 노예살이 그 설움 원통해
일어나라 로동자 농민과 녀성들
의병을 따라서 헌 사회 부시자

농민가

··· 구술 : 안응철, 안도현 송강진 송화촌

천하의 근본인 농사일군은
캄캄한 오두막에 살고 있다
입을 것과 먹을 것을 만들어내도
헐벗고 굶주리며 살아간단다
천하의 거러지로 살아간단다

물리쳐라 자본사회를
때려 부셔라 일본 세력을

평등한 민족사회 세울 때까지
우리 농민 굳게 뭉쳐 싸워나가자
홍범도 장군 따라 싸워나가자

✿ 누에 천 곱게 짜서

··· 구술 : 전남석 노래, 연변 화룡시

뽕나무 잎 따서 잎 따서
누에를 쳐요 누에를 쳐요
누에 치는 누에 실로
짝짝짝 짠다네 천을 짠다네

실실이 누에 천 고운 천
옷을랑 지어 가득히 지어
구국군에 보낸다네
홍 장군 구국군에 보내 간다네

✻ 항일 불길 못 끄리

··· 구술 : 전남석, 화룡현, 1981 겨울

백색테로 그물이
천산만야 덮었다
곳곳에서 개떼들
살판치며 날뛴다
앞에서는 총찬 놈
길목 길목 지키고
뒤에서는 칼찬 놈
죽기내기 쫓아도
우습구나 네놈들
홍 장군의 의병들
항일 불길 못 끄리

✻ 홍범도 장군범

··· 노래 : 김응팔, 안도현 만보항 홍기촌, 1979 겨울

범 범 무슨 범
쪽발이 잡는 범
침략자 쪽발이
왜놈만 잡는 범
천하무적 장군범
홍범도 장군범!

유적지 답사(1993년)

🌑 왜놈들 황천객이 되었단다
··· 구술 : 차성준, 돈화시 홍석향, 1978

얘들아 아이들아
이 내 말을 들어봐라
악귀 같은 왜놈무리
금은보화 탈취하다
홍범도의 불벼락에
황천객이 되었단다

얘들아 아이들아
이 내 말을 들어봐라

생쥐 같은 쪽발이들
살인방화 일삼다가
홍범도의 불벼락에
황천객이 되었단다

🌸 골목대장

··· 구술 : 리문명, 길림성 회덕현 범가툰, 1960 봄

어머니 날 보고
꾸지람 마세요
작란이 심하다
꾸지람 마세요
이래 뵈도 골목에선
힘이 세다고
골목대장 골목대장
불러 주어요
오늘은 골목대장
우쭐하지만
래일은 진짜 의병
홍 사령님 의병되여
왜놈 족쳐 우쭐한대요

🐾 팽이

··· 구술 : 리성렬, 안도현 명월구

윙 윙 잘도 돈다
내가 만든 관솔팽이
왕벌 우는 소리 내며
팽이 팽이 잘도 돈다

윙 윙 잘도 돈다
내가 만든 박달팽이
기여든 놈 승냥이떼
쫓아내라 소리친다

쌩 쌩 잘도 돌며
팽이 팽이 재촉한다
홍 장군을 따라서
나라 찾아 싸우라고

🐾 군사놀음

··· 구술 : 박증철, 연변 룡정시 조양천, 1985

저 앞 상상봉에
실구름 떴다
까마귀 떼 너풀대면

까치 까치 죽는다

까마귀는 왜놈새끼
까치는 우리 편

어서 어서 내몰자
까마귀를 내몰자

우린 우린 의병들
대한민국 찾자야

❀ 우리 아들
··· 구술 : 강활, 길림성 교하시, 1961

장하고도 장하도다
우리 아들 장하도다
설음 설음 망국 설음
서리 서리 풀어다오

장하고도 장하도다
우리 아들 장하도다
남전북답 빼앗긴 땅
네가 네가 찾아다오

장하고도 장하도다
우리 아들 장하도다
홍 장군을 굳게 따라
웃고 살게 하여다오

✺ 소나기 아니다

··· 구술 : 윤영남, 길림성 안도현 명월진 룡산촌, 1983.12

소나기 운다 뜨르릉
소나기 운다 우르릉
소나기 아니다
소나기 아니다
슬기론 대한독립군
독립군의 총소리다
왜놈을 족치는
성스런 총소리다
릴리리 릴리리
독립군의 기개를
여지없이 떨치누나

☀ 독립군은 왔고나[16]

··· 구술 : 윤영남, 연변 안도현 명월구 룡산촌, 1983 겨울

독립군은 왔고나 우리 마을에 왔고나
붉은 기 휘날리며 왔고나
혁명의 총을 메고 왔고나

독립군은 왔고나 우리 마을에 왔고나
왜놈을 쳐부수고 왔고나
승리의 노래 높이 왔고나

독립군은 왔고나 우리 마을에 왔고나
주저할 것 무어나 우리도
어서 어서 총을 네고 독립군 되자

☀ 홍장군 따라야 그날은 다시 오리라

··· 구술 : 리학봉, 길림성 연변 화룡시, 1961.8

팔월이라 대보름날 추석이 오면
햇입쌀로 정성들여 고운 떡 빚어
조상무덤 산소에다 자례 지내려
새 옷 입고 산소에 갔건만
홍 장군 따라야 그날은 다시 오리라

---

16) 홍범도 의병대가 명월구에 온 것을 기뻐해 부르던 당지 백성들의 노래.

팔월이라 대보름날 추석이 오면
우리는 새 옷 입고 산소 갔건만
고향에 남기고 온 부모님 산소
벌초는 누가하고 성묘는 언제
홍 장군 따라야 그날은 다시 오리라

🐾 아즈마 토벌대 쫄딱 녹았소[17]

야 어랑촌을 토벌하던
아즈마 소장 놈 큰 야단났다네
김좌진 부대를 토벌하는 때
홍범도 장군의 배후 공격에
아아 사상자 천육백 명
정신 잃고 쥐구멍만 찾았다네
야 어랑촌 토벌하던
아즈마 소장 놈 큰 야단났다네
김좌진 홍범도의 공격을 받아
아아 사상자 천육백 명
하느님 맙시사 목숨 겨우 건졌다네

---

17) 침략자 아즈마 소장이 거느린 일본 토벌대 놈들이 어랑촌에서의 전례 없던 실패 상
   을 풍자, 조소해 부른 당지 백성들의 노래.

✱ 밭 잃고 집 잃은 사람들아

…제공자 미상, 연변 왕청현 라자구, 1961 겨울

밭 잃고 집 잃은 사람들아
어디로 가야만 좋을가 보냐

아버지 어머니 어서 가보소
북간도 벌판이 좋답니다

쓰라린 가슴 안고
백두산 고개로 넘어 와보니

무산자 우리에겐 못살 곳이라
애오라지 홍 장군 따라야만 잘 살리로다

✱ 바람 바람 불어라

…구술 : 마홍수, 연변 안도현, 1958.3

바람 바람 불어라
왜놈들 토벌대 떠났다

바람 펄펄 불어라
센또보시 펄렁 날리게
바람 살살 불어라

독립군 켠에 살살

바람 살살 불어라
왜놈을 모조리 몰살내게

고달픈 이 내 팔자

··· 구술 : 리학봉, 길림성 연변 화룡시, 1961.8

팔자 팔자 무슨 팔자
나라 없이 이곳에 와
갖은 설음 다 겪는고?
아, 고달픈 이 내 팔자
홍 장군 따라야 풀 이 내 팔자

팔자 팔자 무슨 팔자
권리 없고 돈도 없이
고향만 그리는고?
아, 고달픈 이 내 팔자
홍 장군 따라야 풀 이 내 팔자

고사리

··· 구술 : 리성춘, 안도현 이도진 내두산촌, 1981.11.19

산에 산에 고사리
흠뻑흠뻑 커간다
봄볕을 받으면서
제가 먼저 커간다

산에 산에 고사리
무럭무럭 커간다
의병들게 대접하라
잘도 잘도 커간다

내두산 항일 근거지(뒤줄 좌로부터 두 번째가 채록자 리룡득)

🌑 승전가

··· 구술 : 박재태, 료녕성 신빈현

백두산 상상봉에 기발 날리고
두만강 언덕 우에 살기 넘친다
십 년 동안 간 칼이 번쩍이는데
금수강산 삼천리에 자유종 운다
해동해 대륙[18]의 큰 벌판 침략자
왜군을 쳐부수고 요정 내는
우리들의 고함소리 들들들
번개 번쩍 말을 달려 나아갈진대
반만년 우리 조국 광복되리라

🌑 원쑤 너를 다 베이리[19]

만났도다 만났도다
원쑤 너를 만났도다
너를 한번 만나려고
로청(露淸) 량국 지날 때에
앉은 때나 섰을 때나

---

18) 대체로 '해동'과 '동해바다'를 하나로 합해 부른 것으로 추정됨. '해동해 대륙'은 '발해 동쪽 바다가 이어진 대륙'을 이르는 것으로 보임.

19) 전하는데 따르면 이 노래 작사자는 안중근 의사인데 홍범도 장군이 이끈 의병들의 청산리 승리 후 이 고장 조선민중들이 널리 불렀다고 함.

살피소서 살피소서
구주 여주 살피소서
너의 짝패 몇 만이냐
오늘부터 시작하여
몇 해든지 작정하고
대한 칼로 다 베이리

❀ 의병 혈서가

··· 구술 : 허문, 길림성 안도현 명월구

무명지 깨물어서
흐르는 붉은 피로
태극기 그 앞에서
혈서를 씁니다
한 글자 쓰는 이 내
두 글자 쓰는 이 내
독립군 의병 되기
소원입니다

혈서가

··· 구술 : 최문, 길림성 석문구 란니촌, 1987

무명지 깨물어서
흐르는 붉은 피로
새하얀 헝겊에다
혈서를 씁니다

한 글자 쓰는 이 내
두 글자 쓰는 이 내
홍범도 군인 되기
제일 큰 소원입니다

독립군 추도가

··· 구술 : 박재태, 중국 료녕성 신빈현

동무야 잘 싸웠다 조선의 용사야
총 끝에 번개불이 번쩍거리며
악마의 왜놈들을 쳐부수면서
입술에 피 흘리며 너는 갔구나
고향에 돌아가면 너 자랑 충성을
늙으신 부모님께 전하여주마
태극기 앞에 놓고 쓰러지면서
전신에 피 흘리며 너는 갔구나

❀ 물방아

··· 구술 : 김성준, 안도현 이도백하진 내두산촌, 1982

방아야 방아야
쿵 쿵 찧는 물방아야
한 섬 두 섬 찧어내니
옥과 같은 입쌀일세

방아야 방아야
쿵 쿵 찧는 물방아야
우리 우리 지은 쌀을
네가 네가 잘 찧는다

방아야 방아야
쿵 쿵 찧는 물방아야
독립군에 보낸다니
너도 정말 성수로다[20]

❀ 어화 어얼싸 내 아들아

··· 구술 : 연변 왕청현 라자구 전진촌 로인독보조, 1961 겨울

어화 어얼싸 내 아들아
어화 어얼싸 내 아들아

---

20) 성수로다 : 일이 잘 되어 흥이 나고 기분이 좋다.

금을 준들 너를 사며
은을 준들 너를 사랴
독립군에 가더니만
큰 공을랑 세웠다네
일본 놈을 족쳐 족쳐
큰 공을랑 세웠다네
싸움마다 살적 영웅
어화 얼싸 내 아들아
일가문중 보배둥이
세상 으뜸 영웅일세

● 산나물 많이 꺾어[21]

··· 구술 : 윤영남, 연변 안도현 명월구 룡산촌, 1983 겨울

때는 좋다 화창한 봄
나물도 하고 산구경도 하자
아따 산구경이 뭐야
나물 많이 뜯어야지
꼬부라졌다 활나물
팔락팔락 나비나물
음달고사리 음고사리
양달고사리 양고사리

---

21) 채록자가 채집 당시 윤 로인은 88세였는데 그의 말에 따르면 이 노래는 홍범도 장군
의병들이 명월구에 주둔한 것을 환영하고, 아울러 그들을 잘 대접하고 싶은 당지 주
민들의 간절한 심정을 담아 부르던 노래라고 한다.

우지끈 뚝딱 다 꺾어
온 산 나물 다 꺾어
이고 지고 가잔다
해지기 전 어서 가서
의병들께 드리자

✿ 희망 안고 살아가잔다

··· 구술 : 김광호, 안도현 석문구 대반촌, 1960 겨울

희망 안고 희망 안고 찾아온 곳
그래도 그래도 험악한 북간도
차라리 물에 빠져 고혼이 되고 말을가
아서라 그래도 살아야 하는 인생
의병대에 희망 싣고 살아가잔다

헤매도 헤매도 살 수 없는 곳
언제든 지지 눌려 살 수 없는 북간도
차라리 불에 타서 재가루 될거나
아서라 그래도 살아야 하는 인생
의병대에 희망 싣고 싸워 가잔다

🌑 우리 모두 떨쳐 나서자
··· 구술 : 리창직, 안도현 석문구 경성촌, 1963 겨울

이천만의 동포야 일어나거라
일어나서 총을 들고 칼을 잡아라
홍범도 의병대 우리를 부른다
우리 모두 잃은 나라 되찾자
우리 모두 잘 살 날을 찾아
반일 전선 싸움에 떨쳐 나서자

남녀로소 물론하고 앞을 향하여
어린 아해 부녀자도 칼을 잡아라
홍범도 의병대 우리를 부른다
우리 모두 잃은 나라 되찾자
우리 모두 잘 살 날을 찾아
반일 전선 싸움에 떨쳐 나서자

🌑 왜놈 상판
··· 구술 : 최옥단, 연변 왕청현 라자구, 1962 겨울

살길 막막 한숨이라
왜놈 상판 그려볼가
털도 없는 빤빤 대갈
왁새코에 삐뚜레 입

살기 어린 우멍 눈에
꽉 틀어쥔 총칼 끝엔
사람 피가 뚝뚝뚝
섬에서 온 발바리 놈
보기에도 역겹구나
어서 빨리 불을 달아
염라국에 보내자
의병들을 본받아
남김없이 다 보내자

● 호랑이야

··· 구술 : 최옥단

산중에는 대왕이요
숲속에는 왕자로다
네 얼굴은 짐짝 같고
네 눈은야 화경 같고
네 껍질은 융단 같고
네 발톱은 칼날 같다

호랑이야 호랑이야
천한 백성 물지 말고
백성들을 해치지 말고
의병들을 토벌하는

왜놈들만 물어다오
씨종자를 말려다오

🎵 왜놈 몰골 박바가지

··· 구술 : 김학범, 화룡현, 1961.8

요리 봐도 우글쭈글
조리 봐도 우글쭈글
염글기[22] 전 서리 맞아
세상 못난 박바가지
누굴 누굴 닮았기로
요다지도 못 생겼나

총을 메고 칼을 차고
홍 장군을 토벌하다
애고 대고 얻어맞아
왜놈새끼 그 몰골을
신통히도 닮았구나

---

22) '영글기'의 연변식 표현.

☀ 우리 모두 의병되여

··· 구술 : 안응철, 안도현 송화촌, 1974

아 우리 농군들은
땀 흘려 일만 해도
피죽도 못 먹는데
일본 놈 개새끼는
이밥만 처먹으며
환도칼 차고서
팔도강산 싸다니네

에 천을 짜내는 건
우리가 짜내는데
잘 입는 놈은 일본 놈
우리만 못살게 구니
우리 모두 의병되여
왜놈무리 몰아내자

☀ 사발가

··· 수집 : 돈화시, 1959.2

석탄 백탄 타는 데는
연기만 펄펄 나고요
의병부대 보아요

왜놈만 소멸하노라
에헤요 데헤요 에헤요
어여라 난다 듸여라
어얼싸 저얼싸 좋구나

일본 놈들 꼴 보소
솥 안에 팔팔 팥신세
의병부대 보아요
백싸움 백승만 하네
에헤요 데헤요 에헤요
어여라 난다 듸여라
어얼싸 저얼싸 좋구나

☀ 의병꽃

… 구술 : 안태화, 길림성 연변 연길시, 1959 여름

진달래는 산에 피고
목련꽃은 골에 피네
함박꽃은 산에 피고
붓대꽃은 들에 피네

국화꽃은 산에 피고
살구꽃은 뜰에 피네
감자꽃은 밭에 피고
사랑꽃은 방에 피네

의병꽃은 산에 피여
일본 놈을 족친다네
의병꽃은 총칼되여
일본 놈을 요정내네[23]

✿ 매돌노래
··· 노래 : 최금녀, 1954

동글동글 돌려주소
자꾸자꾸 돌려주소
이콩 저콩 모두 갈아
쉬임 없이 돌려주소

한 두 사람 갈더라도
열 스물이 가는 듯이
어서 어서 돌려주소
날이 새여 해가 뜨오

네모 반듯 햇콩두부
따근따근 많이 앗아
외병대의 군인들께
고루 청해 대접하세

---

23) 요정내다 : 요절내다, 작살내다, 완전히 소멸하다.

🐾 하루 바삐 독립군에 항복하여라

··· 구술 : 서영식, 안도현 차조구, 1961 겨울

장하고도 장하다 산과 들에
의병의 기세는 높아만 가고
모진 싸움 간곳마다 치렬하거늘
반일 전에 죽는 자는 일제 놈이다

간곳마다 쓰러지는 일제 놈들은
허둥지둥 몰키여서 게걸음 치며
기를 쓰고 중국까지 삼키려 하나
대한독립 혁명 기세 비가 막으랴

혁명 앞엔 일제무리 보잘 것 없고
붉은 기 높이 들고 전진할 때에
독사 같은 일제 놈들 정신 잃거니
하루 바삐 독립군에 항복하여라

🐾 가신 님 이기고 돌아오리라[24]

··· 구술 : 고봉녀, 길림성 안도현 명월진, 2005 여름

아, 외로이 오늘밤도
잠 못 자는 이내 신세

---

24) 대한독립군에 간 남편을 절절히 그리는 안해의 심정을 표현한 노래.

머나 먼 북방으로
아, 가신님이 그립습니다

아, 가실 때 손목 잡고
남겨주신 그 언약
나라 찾고 오겠소
아, 그 소식이 그립습니다

아, 기러기 철이 되면
틀림없이 오거늘
한번 가신 우리 님
아, 승리하고 돌아오리라

🌑 호박대가리 1
··· 구술 : 차성준, 돈화시 홍석향, 1960.5

왜놈의 대가리
호박대가리
독립군 불벼락에
떽떼구루루
이산에서 저산에서
호박같이 떽떼구루루

왜놈의 대가리

호박대가리
독립군 불벼락에
떽떼구루루
이 뜰에서 저 뜰에서
호박같이 떽떼구루루

✱ 호박대가리 2
··· 노래 : 차성준, 안도현 석문구 북산골, 1978 가을

왜놈의 대가리
호박대가리
홍 장군 불벼락에
떽떼구루루
이산에서 저산에서
떽떼구루루

왜놈의 대가리
호박대가리
홍장군 불벼락에
떽떼구루루
이산에서 저산에서
호박되여 떽떼구루루

☀ 어서 가자 의병대에로

··· 구술 : 최순남, 안도현 석문구, 1960 겨울

야 가자 어서 가자
집에 앉아 빌빌 울고만 있겠느냐
부모형제 다 잃고 나라마저 빼앗긴
한가슴 피 맺힌 이 원한 풀려면
어서 떨쳐 일어나 가자 어서 가자
홍범도 장군님 의병대에로!

야 가자 어서가자
집에 앉아 빌빌 울고만 있겠느냐
자유 권리 다 잃고 망국노로 내몰린
한가슴 피 맺힌 이 원한 풀려면
어서 떨쳐 일어나 가자 어서 가자
홍범도 장군님 의병대에로!

☀ 농민혁명가

··· 구술 : 김창호, 안도현 량병태, 1981.8

산들바람 불어오는 가을만 되면
피땀 흘려 지어놓은 모든 농작물
지주와 자본가에게 다 빼앗기고
혁명의 길 찾기에 피가 뜁니다

혁명 위해 무장 들고 일떠나
번개같이 달려가는 의병대 앞에
개떼처럼 쓰러지는 일제 놈들은
봄눈이 녹아나듯 쓰러집니다
전 세계 농민대중 단합하여서
원쑤 놈을 남김없이 때려부시자
일제 놈과 토호 놈들 청산하고서
가난한 농민들을 번신(翻身)[25]시키자

☀ 혈전가

··· 구술 : 리창직, 안도현 석문구 경성촌, 1963.1

피 끓는 참된 동무 쇠줄같이 뭉치여
전기를 높이 들고 나가 싸우자
동방의 강도 우리 칼로 무찔러
쌓인 원한 풀고서 새 나라 새 력사 찾자

3·1의 대 도살과 서북간도 학살과
동경 대판 신나천에 흘린 피가 우리 피
동방의 강도 우리 칼로 무찔러
쌓인 원한 풀고서 새 나라 새 력사 찾자

홍 장군 의병대의 전기 높이 날린다

---

25) 피압박 착취로부터 해방.

그 밑에 굳게 뭉쳐 돌진해 싸우자
동방의 강도 우리 칼로 무찔러
쌓인 원한 풀고서 새 나라 새 력사 찾자

✹ 젊은이의 노래
··· 수집 : 안도현 영경항 조양촌 독보조, 1968 겨울

우리는 청춘 피 끓는 젊은이
불꽃같이 타오르는 전화 속에도
우리네 젊은이는 날랜 제비와 같이
폭풍우 속에서도 대공에 날아
끝없는 가시덤불 타오르는 화염 속
우리 힘 우리 피 우리의 정열
우주의 암흑을 깨뜨려 버리고
인류 행복 위해 싸우고 있네
우리 곤난 박차고 광명의 날 향해
홍범도 장군 따라 평화 위해 싸우리
잃어버린 나라 찾아 끝까지 싸우리

고령의 로인들을 찾아 전설과 민요를 수집(안도현 영경향 조양촌 1981년 10월)

✿ 어이 어이 앵고 대고

··· 구술 : 김금녀 · 전정숙, 안도현 량병향 보광촌, 1957 겨울

간다 간다 하기에
물어를 봤네
어데 가나 어데 가나
물어를 보니
간다네 간다네
하늘나라 간다네
염라국에 간다네

간다 간다 하기에

물어를 봤네
어데 가나 어데 가나
물어를 보니
홍 장군 토벌에
포볼싹26) 얻어맞아
염라국에 간다네
어이 어이 앵고 대고

✹ 꽃노래

··· 구술 : 최신명 · 박정숙, 안도현 봉녕구 구일툰, 1958 여름

시아버지 오는 길엔
호랑이꽃 피고 지고
시어머니 오는 길엔
개살구꽃 피고 지고
맏동서가 오는 길엔
심술꽃이 피고 지고
시누이가 오는 길엔
가시꽃이 피고 지고
시동생이 오는 길엔
올콩꽃이 피고 지고
우리 랑군 오는 길엔
덮개꽃이 피고 지고

---

26) '폴싹'을 더욱 형상적이고 생동감 있게 표현한 어휘.

우리 자식 오는 길엔

함박꽃이 피고 지고

의병들이 오는 길엔

해방꽃이 피고 지고

● 사향가[27]

··· 구술 : 윤영남, 연변 안도현 명월진 룡산촌, 1983 겨울

내 고향을 리별하고 타관에 와서

적적한 밤 홀로 앉아서 생각을 하니

답답한 마음 아아 뉘가 위로해

우리 집서 멀지 않아 조금 나가면

작은 시내 졸졸 흐르며 어린 동생들

놀던 그 모양 아아 눈에 삼삼해

내 고향을 떠나올 때 내 어머님이

문 앞에서 눈물 흘리며 잘 다녀오라

하시던 말씀 아아 귀에 쟁쟁해

중천으로 날아가는 기러기 떼야

너희들 가거든 전해주렴아

---

27) 1920년대 홍범도 대한독립군 투사들이 고국을 등지고 타국에 와서 그리운 부모처자
   를 못잊어 부르던 향수의 노래.

일제를 쳐부수어 나라 찾는 날
기쁘게 돌아간다 부모께 전해주렴아

🌑 사상가
··· 구술 : 리창직, 안도현 석문구 경성촌, 1963.3.2

이곳은 우리나라 아니건만은
무엇을 바라고 이에 왔던고
자손의 거름된 이내 독립군
설 땅이 없지만 희망이 있다
국명을 잃어버린 우리 민족아
하해에 티끌같이 떠다닌다
이렇다 웃지 말아 유국민(有國民)들
자유를 회복할 날 있으리라
한반도에 생장한 우리 민족아
괴로우나 즐거우나 나의 마음에
와신상담 잊지 말고서
원쑤 갚을 준비합시다
두만강 건너를 살펴보니
금수강산이 완연하구나
괴로우나 즐거우나 우리 마음에
언제든지 락심 말고 나가 싸우자
홍범도 장군 따라 나가 싸우자

의병대 본을 받아

… 구술 : 리홍래, 연변 안도현 명월진 복흥촌, 1960

에헤 두들겨라
데헤 두들겨라
에헤 에헤 에헤 좋다
에헤 데헤 성수난다
마당에다 두레를 치고
에헤 도리깨로 와지끈 지끈
벼태를 치자
곡식을 치자

에헤 두들겨라
데헤 두들겨라
에헤 에헤 에헤 좋다
에헤 데헤 성수로다
왜적을 족치는
의병대 본을 받아
에헤 도리깨로 와지끈 지끈
벼태를 치자
곡식을 치자

🌑 의병되여 찾을 고향

··· 구술 : 리종근, 안도현 삼도향 북도촌, 1960.9

동산의 진달래
울긋불긋 피여나고
보리밭에 종달이 떠
우지지 울어대면
아득한 저산 너머
금수강간 그리워라
온갖 새 춤추던
금수강산 그리워라

언덕의 할미꽃
고개 숙여 한숨짓고
동산 서산 온갖 새
우지지 울음 울면
산 너머 강 너머
금수강산 그리워라
백의동포 금수강산
의병되여 찾으리라

천지꽃을 보며[28]

··· 구술 : 리성렬, 1951 겨울

울긋불긋 피여난
천지꽃을 보며
애들은 좋아라
야단을 치오
때 이르게 피여난
고운 꽃이라서
신이 나서 오구작작 야단이 났소

울긋불긋 피여난
천지꽃을 보며
우리는 모두다
눈물을 쏟소
빼앗긴 고국 땅
천지꽃 생각
의병들이 기어코
찾아줄 우리 꽃

---

28) 천지꽃은 진달래를 말함. 봄의 선구자인 진달래를 보면서 언젠가는 의병들이 일제를
물리치고 고국을 해방시켜 줄 그 날이 오기를 기원하여 부르던 노래.

으릉 따웅 괘씸코나

… 구술 : 황시준, 안도현 봉서촌, 1954.6

범아 범아 산에 범아
너 잡을라 내가 왔다
날 잡아선 무엇해요
네 껍데기 곱게 발가
황군님께 상주하고
너의 뼈를 뜯어내여
호골주를 만들어서
너의 살점 저며내여
술안주를 만들어서
황군님께 드리련다
어허 이놈 괘씸코나
만물령장 우릴 잡아
왜놈들을 위하겠다
으릉 따웅 쾌씸코나
침략자의 앞잡이 놈
네놈부터 잡아먹을시고

🌸 왜놈들 랑패상

··· 수집 : 북경시 조선민족학원 독보조, 1983.8

센또보시 수캐들
긴 칼을 번뜩번뜩
옆구리에 차고서

죄 없는 백성만
사정없이 족치더니
하루 밤 사이에
모가지가 뎅겅
홍 장군 의병께 끝장났다네

일장기를 펄렁펄렁
총창을 꼬나들고
토벌을 간답시고
우쭐 멋줄 날치더니
뚜루루 총질에
개죽음만 너저분
홍 장군 부대에 요정 났다네

🖋 의병추도가[29]

··· 구술 : 안응철, 길림성 안도현 덕화촌, 1960.8

내 고향 떠난 후 만주벌에서
황혼에 싸인 늦은 저녁에
사랑하는 내 동기와 하직을 한다

적탄에 쓰러진 동기 앞에서
이름을 부르며 끌어안으며
상처는 일 없으니 정신 차려라

산천이 깨여지게 암만 불러도
말없는 시체의 식은 팔목엔
시계만 예와 같이 돌아가누나

가난한 앞뒤 집에 태여난 우리
나는야 승리의 기발 높이 들고
그립던 고국으로 돌아가련다

너를 두고 가는 것은 아득하지만
결국에 네 원쑤는 내가 갚으리
동기야 잘 있거라 나는 떠난다

---

29) 봉오동전투 승리 후 이 싸움에서 희생된 독립군부대 전사들을 위해 부른 추도가임.

홍대장 의병가

··· 수집 : 조선, 1983

오련발 탄환에는 군물[30]이 돌고
화승대 총신에는 내굴[31]이 돈다
에헤야 에헤야 에헤
에헤어헤 어헤야
왜적의 군대가 막 쓰러진다

홍 대장 수하의 중대장님은
산고개 싸움에서 승리를 했네
에헤야 에헤야 에헤
에헤어헤 어헤야
왜적의 군대가 막 쓰러진다

홍 대장님 행군길에는 일월이 황황
왜적 가는 길에는 눈개비 펄펄
에헤야 에헤야 에헤
에헤어헤 어헤야
왜적의 군대가 막 쓰러진다

---

30) 여기서 '물'은 사물 자체가 발산하는 빛깔이나 기운을 말함. 따라서 '군(軍)물'은 군사
   적 싸움을 벌일 태세나 그러한 기운을 말함.
31) '연기(煙氣)'의 연변식 표현.

☀ 한 개

··· 구술 : 박경자

한 개 한 개
무엇이 한 개?
아버지 쌈지 속에
부싯돌이 한 개

한 개 한 개
무엇이 한 개?
어머니 옆차기에
엽전 잎이 한 개

한 개 한 개
무엇이 한 개?
울 형님 옆차기에
까만 권총 한 개

형님의 권총은
홍 장군이 주신 총
일본 놈 족치고
나라 찾는 권총

🖋 홍범도 장군 찾아가 싸워주오[32]

··· 구술 : 최영선, 길림성 돈화시, 1989

나물 캐는 바구니에
편지 한 장 들었구나
그 편지라 읽고보니
피눈물이 나는구나

넨들 넨들 네 탓이냐
낸들 낸들 내 탓이냐
나라 없는 망국살이
피눈물로 적었구나

간나 누나 간다 누나
타도 타관 북간도로
늙은 부모 버려두고
나라 찾아 간다누나

이산 저산 나물 뜯어
부모 봉양 내 하리니
범도 장군 찾아가서
총칼 들고 싸워주오

---

32) 나라를 구하기 위해 홍범도 장군을 찾아 떠나는 오빠에게 누이동생의 마음을 표현한
노래.

⚫ 독립운동가

… 구술 : 윤영남, 길림성 안도현 명월진 룡산촌, 1983.12

동포들아 일어나자 용감하게
적수공권뿐이라도 두려울소냐
정의 인도 광명이 비치는 곳에
원쑤의 천군만마 두려울소냐

동포들아 세워라 자유의 기발
삼천리 신대한의 독립정신을
온 세상 만방에 선양되도록
영광의 태극기를 높이 올리자

동포들아 족치자 일제무리
이제야 맺힌 원한 풀 때가 왔다
뜨건 가슴 끓는 피를 흘릴 때에
원쑤 놈들 봄눈 녹듯 쓰러지리라

동포들아 독립만세 높이 부르자
웨쳐라 독립만세 하늘 닿도록
단군 자손 억만대의 자유를 위해
창공 높이 웨치자 독립 만만세

● 령감 로친 타령[33]

··· 구술 : 윤영남 등

여보 로친.
왜 그래요?
아랫방 골방 안에
차입쌀 주머니 못 보았소?
조상님 제사에 쓰려던
차입쌀 주머니 못 보았소?
보았소, 보았소
보았으면 어찌했소?
일본놈 족치는 의병대장
홍범도 장군께 보내갔소
잘했군, 잘했군, 잘했소,
그러게, 그러게 내 로친!

여보 령감.
왜 그러오?
앞다락 높은 다락
찰옥수쌀 주머니 못 보았소?
도끼나무 해올 적 점심 밥거리
찰옥수쌀 주머니 못 보았소?
보았소, 보았소
보았으면 어찌했소?

---

33) 우리 민족 전래민요 <영감타령>을 개작해 부른 노래.

잃은 나라 되찾는 의병대장
김좌진 장군께 보내갔소
잘했군, 잘했군, 잘했소,
그러게, 그러게 내 령감!

✷ 류진가

··· 구술 : 채만규, 안도현 송강진, 1983

하나이라면
한평생 살던 곳을 다 버리고서 다 버리고서
우리 우리 어찌하여 이곳에 왔나 이곳에 왔나

둘이라면
두만강을 넘어오면 왜놈들 없고 왜놈들 없고
땅이 좋아 잘 산다고 말하더니만 말하더니만

셋이라면
세집 네집 희망 가득 찾아 왔더니 찾아 왔더니
일본놈들 뒤 따라와 못살게 구네 못살게 구네

넷이라면
네나 내나 망국 설음 끝이 없는데 끝이 없는데
살림마저 갈수록 쪼들려가요 쪼들려가요

다섯이라면
다시 살길 오직 하나 나라 찾는 길 나라 찾는 길
우리 다만 함께 뭉쳐 싸워가는 길 싸워가는 길

여섯이라면
여러분들 일심분발 총칼을 잡고 총칼을 잡고
독립군을 굳게 따라 왜놈 칩시다 왜놈 칩시다

☙ 우리 형제

··· 구술 : 안영숙, 안도현 홍기촌, 1981.11

하늘에는 별들 형제
산언덕엔 나무 형제
우리 집엔 나와 형님

별 형제는 빛을 내고
나무 형젠 기둥 되고
우리 형젠 어서 커서
홍 장군님 의병 되지

☀ 우스워라 하하하

··· 구술 : 전정숙

우스워라 하하하
우스워라 하하하
일본군 토벌대들
이번엔 락차없이
비적 몽땅 소멸한다
기고만장 떠들더니

우스워라 하하하
우스워라 하하하
청산리 토벌에서
쫄딱 망해 버렸다네
홍 사령께 얻어맞아
까마귀밥 되었다네

☀ 매돌노래

··· 구술 : 김학범, 길림성 화룡시, 1961.8

하나 둘이 갈더라도
열 스물이 가는 듯이
먼데 사람 듣기 좋게
곁에 사람 보기 좋게

인삼록용 먹은듯이
수월수월 갈아주소
오늘 일은 경사로다
의병님들 대접이니
두부 매돌[34] 와랑와랑
일할수록 성수[35]나오

매돌 앞에 앉은 각시
솜씨 나게 돌려주게
늙은이는 밀어주고
젊은이는 당기면서
련잎 같은 넓은 매돌
돈잎같이 둘러주게
오늘 일은 경사로다
의병님들 대접이니
두부 매돌 와랑와랑
일할수록 성수나오

✹ 승리행진곡[36]

압록 두만 흥안령에 발해의 달에
길이 길이 밟았던 그때 그리워
거센 바람 높은 소리 큰 발자취로
거침없이 우 아래로 달려가누나
나가자 싸워라 대승리 월계관
내게로 오도록 나가 싸우라
잘즈믄[37] 익힌 힘 힘줄 벌떡거리고
절절 끓는 젊은 피는 넘치려누나
한밝뫼재[38] 비낀 달에 칼을 뽑을제
바위라도 한번 치면 부서지리라
나가자 싸워라 대승리 월계관
내게로 오도록 나가 싸우라

하늘 아래 모든 데서 악을 뿌리며
조수같이 밀려온들 그 무엇이랴
생긋 웃고 무쇠팔뚝 번쩍일 때면
구름속의 선녀들도 손벽치리라
나가자 싸워라 대승리 월계관
내게로 오도록 나가 싸우라

---

36) 1920년 김좌진, 홍범도 장군이 지휘하는 독립군이 청산리 전역에서 부른 독립군가라
　　고 한다.
37) 백두산 봉우리 뜻.
38) 백두산 봉우리 뜻.

🌑 의병추도가[39]

내 고향 떠난 후 만주벌에서
황혼에 싸인 늦은 저녁에
사랑하는 내 동기와 하직을 한다

적탄에 쓰러진 동기 앞에서
이름을 부르며 끌어안으며
상처는 일 없으니 정신 차리라

산천이 깨여지게 암만 불러도
말 없는 시체의 식은 팔목엔
시계만 예와 같이 돌아가누나

가난한 앞뒤 집에 태여난 우리
나는야 승리의 기발 높이 들고
그립던 고향으로 돌아가련다

너를 두고 가는 것은 아득하지만
결국에 네 원쑤는 내가 갚으리
동기야 잘 있거라 나는 떠난다

---

39) 1920년 6월7일 대한독립군은 봉오동전투에서 일본침략자 150명을 죽이고 수십 명을 부상시켰다. 살아남은 놈들은 "나 살려라."하며 뿔뿔이 도망쳤다. 독립군은 이 전투에서 보총 60여 자루, 기관총 3정, 권총 여러 자루를 노획하는 대전과를 거두었다. 이에 봉오동 상하 10여 개 마을 백성들은 독립군의 대승첩을 축하하여 찰떡을 치고, 돼지를 잡아 이번 싸움에 참가한 독립군 연합부대 용사들을 위로하였다. 이어 희생된 열사와 왜놈들에게 학살당한 마을사람들과 고별하는 추도회가 거행되었다. 추도회에서는 모두가 이 싸움에서 희생된 독립군 용사들과 마을 사람들을 위해 애수에 찬 노래를 불렀으니 그 노래가 바로 상기한 의병추도가였다.

☀ 둥게야 _ 귀둥자를 얼리는 노래

둥글둥글 네 얼굴아
사내가인 태여났냐 둥게야

탁 틔여진 넓은 이마
바다도량 지녔느냐 둥게야

수정같이 맑은 눈아
산을 뚫을 정기 탔냐 둥게야

예쁜 입과 바로 선 코
철석의지 잠겼느냐 둥게야

방실 웃는 요 눈매야
무한인자 지녔느냐 둥게야

오동통한 꼭 다쥔 손
무쇠주먹 결의이냐 둥게야

능청능청 요 허리야
태산 떠멜 힘 서렸냐 둥게야

아박자박 걸음발아
만리 횡행 익히느냐 둥게야

아가 아가 우리 아가
무병건실 잘도 자라 둥게야

나라 구할 의병 되어
영웅업적 떨치거라 둥게야

홍범도 의병대 찬송가

··· 구술 : 김응팔, 길림성 안도현 홍기촌, 1979

홍대장 가는 길에는 일월이 명랑한데
왜적군 가는 길에는 눈비가 막 쏟아진다
엥헤야 엥헤야 엥헤야 엥헤야
왜적군대가 막 쓰러진다

오련발 탄환에는 군물이 돌고
화승대 구심에는 내굴이 돈다
엥헤야 엥헤야 엥헤야 엥헤야
왜적군대가 막 쓰러진다

괴탁리 원석백 중대장님은
산고개 싸움에서 승리하였소
엥헤야 엥헤야 엥헤야 엥헤야
왜적군대가 막 쓰러진다
홍범도 대장님은 동산리에서

왜적 순사대 몇십 놈 몰살시켰소
엥헤야 엥헤야 엥헤야 엥헤야
왜적군대가 막 쓰러진다

도상리 김치경 김 도감님은
군량도감으로 당선되였네
엥헤야 엥헤야 엥헤야 엥헤야
왜적군대가 막 쓰러진다

왜적 놈들 게다짝을 물에 던지고
동해 부산 쫓겨가는 그날은 언제
엥헤야 엥헤야 엥헤야 엥헤야
왜적군대가 막 쓰러진다

✸ 십진가

··· 구술 : 윤영남, 1983.12

하나이로다 일구월심 화답하세 동포형제여
동포형제여 대한독립 만세를 화답하여라 화답하여라

둘이로다 이천만의 우리 동포 용진하여라 용진하여라
너와 나를 위하여서 용진하여라 용진하여라
셋이로다 삼천여년 내려오던 무궁화 강산 무궁화 강산
단군부터 부여 민족 등 뒤에 있도다 등 뒤에 있도다

넷이로다 사천여 년 내려오던 혁혁한 력사 혁혁한 력사
온 세상에 널리 널리 자랑하여라 자랑하여라

다섯이로다 오천만의 왜놈새끼 한칼에 베고 한칼에 베고
우리나라 한숨 눈물 씻어버리자 씻어버리자

여섯이로다 륙대주에 울리여라 두리 두둥둥 두리 두둥둥
승전고를 울리여라 두리 두둥둥 두리 두둥둥

일곱이로다 칠십로인 기다리신다 한숨 눈물로 한숨 눈물로
병정 갔던 요자식을 기다리누나 기다리누나

여덟이로다 팔년 풍진 겪고나서 춘풍이 부누나 춘풍이 부누나
다 죽었던 무궁화에 꽃이 피였네 꽃이 피였네

아홉이로다 구만청천 날아가는 저 기러기야 저 기러기야
나의 집에 소식을랑 전하여주렴 전하여주렴

열이로다 여러 형제 처자들아 화답하여라 화답하여라
대한독립 만세를 노래 부르자 노래 부르자

🖤 아따 두어라 락심말아

··· 구술 : 전신수, 길림성 안도현 송강진, 1980 여름

아침의 고동소리

귀 따갑게 울린다

벤또를 옆에 끼고

황황히 서둘러

오늘도 출근길

다그치는 요내 몸

언제 가야 고향 품에 안겨보겠나

아따 두어라 락심 말아라

홍범도 의병대

왜놈을 치는 우리네 의병대

우리도 힘 모아 그들을 돕자

그러면 환고향

그러면 자유의 몸

앞당겨 온단다

오뉴월 긴긴 해에

해빛40) 못 보고

동지섣달 긴긴 밤에

잠 못 이루며

공장에 얽매인 이내 몸

아무리 생각해도

---

40) '햇빛'의 연변식 표기.

눈물이 앞을 가리네
아따 두어라 락심 말아라
홍범도 의병대
왜놈을 치는 우리네 의병대
우리도 힘 모아 그들을 돕자
그러면 환고향
그러면 자유의 몸
앞당겨 온단다

✿ 민족해방 동원가

··· 노래 : 전남석, 1981

조중량국 민중아
압박받는 민족아
민족해방을 위하여
굳게 뭉쳐 싸우자

살인강도 일제는
조선과 동북을 먹었다
민족해방을 위하여
굳게 뭉쳐 싸우자

매국적 군벌 놈들
나라와 민족을 팔았다

민족해방을 위하여
굳게 뭉쳐 싸우자

남의 종 된 민족아
자유 없는 민족아
민족해방을 위하여
굳게 뭉쳐 싸우자

망국노예 면하려
자유권리 찾으려
민족해방을 위하여
굳게 뭉쳐 싸우자

민족해방 반일전
전 세계가 돕는다
민족해방을 위하여
굳게 뭉쳐 싸우자

민족해방 기발을
높이 날리며 나가자
민족해방을 위하여
굳게 뭉쳐 싸우자

구국십진가

··· 노래 : 김흥섭

하나이라면
한평생 좋은 곳을 다 버리고서
쓸쓸한 북만주로 우리가 왔네

둘이라면
두 다리 부러지게 걸음을 걸어
천리만리 쫓겨 오니 북만주로다

셋이라면
서서 근심 앉아 근심 장 근심인데
살 일을 생각하니 기가 막힌다

넷이라면
넓다란 소문이 굉장하더니
현지에 와서 보니 쑥대밭일세

다섯이라면
다수한 가족이 다 굶는데
어린 아이 밥 달라니 더욱 기막혀

여섯이라면
여자나 남자나 정신 차려서

우리 힘을 일제 높게 시위해보세

일곱이라면
일가친척 고향산천 그리울수록
일제와 싸워서 조국을 찾자

여덟이라면
여자나 남자나 막론을 하고
의병대를 도와서 싸움을 하자

아홉이라면
아홉 번을 죽더라도 떨쳐 일어나
왜놈들과 판가리 싸움을 하자

열이라면
어떤 곤난 있더라도 있더라도
신심 가득 싸워서 나라를 찾자

독립군 군가[41]

나가세 독립군아 어서 나가세
기다리던 독립전쟁 돌아왔다네
이때를 기다려 10년 동안에
갈았던 날랜 칼을 시험할 날이
나가세 독립군이 어서 나가세
자유 독립 광복함이 오늘이로다
정의의 태극기발 날리는 곳에
적의 군사 락엽같이 쓰러지리라

보느냐 반만년 피로 지킨 땅
오랑캐 말발굽에 짓밟히는 모양
듣느냐 2천만 단군의 혈손
원쑤의 칼 아래서 우짖는 소리
양만춘 을지문덕 피를 받았고
리순신 림경업의 후손 아니냐
나라 위해 목숨을 터럭과 같이
싸우던 네 조상의 후손 아니냐

탄환이 비발같이 퍼붓더라도
창과 칼이 네 앞길을 가로 막아도
대한의 용감한 독립군사야

---

40) 홍범도 장군 의병대가 군기를 선두로 행군할 때 우렁차게 부르던 독립군가로서 장병
들의 투지와 용기를 크게 고무·격려해 주는 구국멸적의 선언이었다고 한다.

나가고 나가고 다시 나가자
최후의 네 피방울 떨어지는 날
최후의 네 살점이 떨어지는 날
네 그리던 조상 나라 다시 살리라
네 그리던 자유 꽃이 다시 피리라

독립군 백만용사 달리는 곳에
압록강 어별들이 다리를 놓고
독립군의 붉은 피가 내뿜는 때에
백두산 굳은 바위도 길을 열리라
독립군의 날랜 칼이 비끼는 날에
현해탄 푸른 물이 핏빛이 되고
독립군의 벼락같은 고함소리에
부사산 솟은 봉이 무너지누나

나가세 독립군아 한 호령 밑에
질풍같이 물결같이 달려 나가세
하느님의 도우심이 우리에 있고
조상의 신령 오셔 인도하리니
원쑤 군세 산과 같고 구름 같아도
우리 앞에 티끌같이 흩어지리니
영광의 최후 승리 우리 것이니

독립군아 질풍같이 달려나가세
하늘은 밝았도다 땅은 열렸네

영광의 독립군기 높이 날리네
수풀 같은 창과 칼에 림립한 것은
십여 원한 씻어내던 피줄기로세
빛이 낡고 해여진 우리 군복은
장백산 랑림산의 장구한 표요
우레같이 들려오는 만세소리는
한양성 대승리의 개가이로다

🌑 나가자 독립군

··· 구술 : 전남석 · 박창호, 길림성 안도현 송강진, 1978.12

나가세 독립군 어서 나가세
기다리던 독립전쟁 돌아왔다네
이때를 기다려 10년 동안에
갈았던 날랜 칼을 시험할 날이
나가세 독립군아 어서 나가세
자유 독립 광복함이 오늘이로다
정의의 태극기발 날리는 곳에
적의 군사 락엽같이 쓰러지리라

보느냐 반만년 피로 지킨 땅
오랑캐 말발굽에 짓밟히는 모양
듣느냐 2천만 단군의 후손
원쑤의 칼 아래서 우짖는 소리

양만춘 을지문덕 피를 받았고
리순신 림경업의 후손 아니냐
나라 위해 목숨을 터럭과 같이
싸우던 네 조상의 후손 아니냐

탄환이 빗발같이 퍼붓더라도
창과 칼이 네 앞길을 가로 막아도
대한의 용감한 독립군사야
나가고 나가고 다시 나가자
최후의 네 피방울 떨어지는 날
최후의 네 살점이 떨어지는 날
네 그리던 조상 나라 다시 살리라
네 그리던 자유 꽃이 다시 피리라

독립군 백만용사 달리는 곳에
압록강 어별들이 다리를 놓고
독립군의 붉은 피가 내뿜는 때에
백두산 굳은 바위도 길을 열리라
독립군의 날랜 칼이 비끼는 날에
현해탄 푸른 물이 핏빛이 되고
독립군의 벼락같은 고함소리에
부사산 솟은 봉이 무너지누나

나가세 독립군아 한 호령 밑에
질풍같이 물결같이 달려 나가세

하느님의 도우심이 우리에 있고
조상의 신령 오셔 인도하리니
원쑤 군세 산과 같고 구름 같아도
우리 앞에 티끌같이 흩어지리니
영광의 최후 승리 우리 것이니
독립군아 질풍같이 달려나가세

하늘은 밝았도다 땅은 열렸네
영광의 독립군기 높이 날리네
수풀 같은 창과 칼에 림립한 것은
십여 원한 씻어내던 피줄기로세
빛이 낡고 해여진 우리 군복은
장백산 랑림산의 장구한 표요
우레같이 들려오는 만세소리는
한양성 대승리의 개가이로다

일터에서 농민들과 함께 일하면서 전설과 민요를 수집
(1978년 란니촌)

안중근 의사 가송 민요

☀ 그 정신 잊지 말고 원쑤 갚어라
··· 구술 : 김승철, 안도현 량병향 구일툰, 1958.6

주검은 쌓여서 산맥이 되고
선혈은 흘러서 한강수 돼도
안중근 애국의 의로운 정신
그 정신 본받아 원쑤 갚어라

☀ 선서가

왔구나 왔구나 이 날을 기다려
7인 동맹 피 흘려서 맹세했노라
백의동포 우렁찬 만세소리는
5대주 창공에 울려퍼지리

☀ 호박대가리
··· 구술 : 서영환, 안도현 석문구 회령촌, 1971 겨울

왜놈의 대가리 호박대가리
의군 총에 맞아 떽떼구루루

왜놈의 대가리 호박대가리
이등박문 대갈처럼 떽떼구루루

🐾 민족영웅

··· 구술 : 리창직, 안도현 석문구 경성촌, 1960

영웅 영웅
무슨 영웅
이등박문
쏘아죽인
안중근

영웅 영웅
무슨 영웅
조선 독립
만세 부른
민족영웅
안중근

🐾 안중근님 본받아

··· 구술 : 최량선, 안도현 명월구, 1961

철갑모는 침략자다
침략자는 목 자르자
몇몇 개를 자르겠니
열 개 백 개 자를테다
언제까지 자르겠니

씨알머리 질 때까지
사정없이 자를테다
안중근님 본받아
사정없이 자를테다

☀ 욕심통 쌉살개

···구술 : 김자향, 안도현, 1979.8

욕심통 쌉살개
먹고 먹고 또 먹어도
그 욕심이 안 차서
이리저리 싸다니다
아이고나 멋지고나
륙철포를 맞아서
힌들번들 뒈졌다네
대한독립 만만세에
힌들번들 뒈졌다네

🌸 눈꽃새

··· 구술 : 전정숙, 안도현 량병향 보광촌, 1958

하얀 눈 하얀 눈
어째서 하얗나
백의민족 우릴 닮아
하얗고 하얗지

빨간 꽃 빨간 꽃
어째서 빨갛나
의병의 승리기
그 빛 따라 빨갛지

1940년대 채록자의 생가

✎ 할빈을 아나

… 구술 : 림경률, 안도현 석문구 경성촌, 1967

할빈을 아나?
할빈을 알지.
어떻게 아나?
이등박문 뒈진 곳!

할빈을 아나?
할빈을 알지.
어떻게 아나?
만세 삼창 안중근!

1981년 겨울 항일가요를 수집하고 있는 장면

🌿 수림 중 늙은 범이

··· 구술 : 김학범, 화룡시, 1961.8

수림 중 늙은 범이
암탉을 만났도다
꽝꽝꽝 소리에
암탉 이등이 뒤여지고
늙은 범 안중근
대한독립 만만세 삼창에
온 세상이 전율이로다

🌿 전우를 그리며

저녁 노을 서산에 스러지고
아슬한 달빛이 떠오를 때
앞서 간 전우가 몹시도 그리워라
아서라 그리운들 소용 있으랴
안중근 의병의 드높은 용기로
일제 두목 무찔러 원쑤 갚잔다

☀ 흘라리리

··· 구술 : 박증철, 룡정시 조양천, 1985

가을달이 밝아서 공부하기 좋구요
운동장을 닦아서 공차기가 좋아요
흘라리리 딸라 흘라리리리라리라리요

몸과 마음 굳세게 튼튼히 다지여
안중근님 본받아 애국자가 되자요
흘라리리 딸라 흘라리리리라리라리요

☀ 안중근의 뜻을 이어

··· 구술 : 김학범, 길림성 화룡시, 1961.8

매돌로 간다한들 다 죽일소냐
총으로 쏜다한들 다 죽일소냐
칼로 벤다한들 다 죽일소냐
안중근의 구국의 뜻 높이 받들어
천천만의 의병들 일떠났거늘
왜놈들아 망할날 멀지 않도다
대한은 기어코 회복되리라

🌑 너무 기쁜 웨침입네

… 구술 : 김성용, 룡정시 천보산진, 1978 겨울

닭아 닭아 꼬꼬 닭아
너는 다시 울지 마라
이등박문 뒈졌는데
네가 울어 웬말이냐

이내 내가 꼬꼬 닭이
우는 것이 아닙니다
이등박문 뒈여져서
너무 기쁜 웨침입네

🌑 안중근가 1

… 구술 : 흑룡강성 할빈시에서 수집, 1987

평안도 장사가 뛰여 나왔다
두 눈을 부릅뜨고 뛰여 나왔다
마치도 양새끼 찔러 죽이듯
나라의 원쑤 놈 통쾌하게 죽였다

독수리 공중을 맴돌고 있다
할빈 역 머리에 내려졌구나
시뻘건 불벼락 와지끈 했다

나라는 망해도 광채는 길이 빛난다

☀ 안중근가 2
··· 구술 : 리창직, 안도현 석문구 경성촌, 1963.3

만났도다 만났도다 원쑤 너를 만났도다
너를 한번 만나려고 일평생에 원하였네
평생 원한 씻으려고 수륙으로 몇 만 리를
혹은 륜선 혹은 화차 로청 량국 건널 때에
앉을 때나 섰을 때나 앙천하고 기도하기
너를 한번 만나려고 일평생에 원하였네
할빈 역두 너를 만나 륙철포로 셋방 맞춰
배우에서 만세 불러 이 세상에 자랑했네

☀ 안중근의 노래
··· 구술 : 리창직, 안도현 석문구 경성촌, 1963

인가호총 적막한 산도 산중에
피땀을 흘리는 우리 독립군
서 선녀 할빈 정거장에서
앞뒤 산에 총포소리 꽝꽝 울렸소
셋방 맞아 이등박문 꺼꾸러지고

가슴 우에 올라서서 만세를 불러
이와 같이 만세소리 세 번 나더니
아름다운 애국충신 길이 빛났소

✿ 무찔러 나가자

··· 구술 : 신청송, 길림성 안도현 명월진, 2008.3

기세 높은 반일의 함성 속에
침략자의 비명은 떨리고
항쟁의 화염 속에 놈들은 몸부림친다
나가자 나가자 무찔러 무찔러
하늘을 꿰뚫고 일어나는 선풍과 같이
총칼을 튼튼히 추켜잡고
소탕하자 일제 놈들을
안중근 의병정신 일제를 무찔러 나가자

✿ 작은 별

··· 구술 : 현기종, 길림성 안도현 차조구, 1963.5

반짝반짝 작은 별
하늘나라 작은 별
총망중에 높이 떠

찬란하게 비추네

반짝반짝 고운 별
어찌하여 비추나
안중근님 본따서
왜놈 치라 비추네

홍범도 장군이 일제침략자들을 족쳤던 그 상황을 재현하여 일본 놈들 묘비에 재치 있게 타격을 기하는 유희를 하고 있는 안도현 명월진 서광로인대학의 로인들(2012년 4월 8일)

☀ 참군의 노래

··· 구술 : 류원걸, 안도현 명월진, 1982.1

나가자 앞날의 주인공들아
망국의 수치를 씻어버리고
우리의 조상나라 회복하려면
침략자 짓부시는 의병이 되자
안중근님 부른다 승리는 부른다
어서 어서 의병 되자 달려 나가자

채방의 길(안도현 소사하향에서)

풍자타령

… 구술 : 김홍섭, 안도현 북도툰, 1960

만국풍 전초목풍
채석강선 락원풍
일시홍의 란만풍
제갈공명 동남풍
어린아희 만경풍
늙은 령감 변두풍
이등박문 혼쌀풍
안중근께 맞은풍
뒤여지니 급살풍

안중근을 추모하여

… 구술 : 리창직 · 전남석, 1963 · 1983 겨울

진실로 공경할 만하다
이또 히로부미를 죽이고
자신도 용감히 죽었다
마음속으로 비로소 나라의 한을 풀었다
력사 속의 충의혼을
우러르지 않을 자가 없어라
천고에 길이 살아남아 있으라
누가 그의 뒤를 따르랴

누가 그의 뒤를 따르랴

안중근의 피어린 발자욱 따라
··· 구술 : 김승철, 안도현 봉녕구 보광촌, 1957

혁명의 세찬 불길 타오른다
붉은 피로 새 세상 당겨오자
동무들 동무들아
안중근의 피어린 발자욱 따라
총칼을 튼튼히 틀어잡자
일제 놈을 모조리 소멸하자
최후의 승리는 우리의 것 앞으로 앞으로!

안중근의 피어린 발자국 따라

혁명의 세찬 불길 타오른다
의병의 생명은 불타올라
눈부신 그 빛발 휘뿌리고
붉은 피로 새 세상 당겨온다
동지들, 동지들!
안중근의 피어린 발자국 따라
총칼을 튼튼히 틀어잡자

원쑤들을 겨냥해 앞으로 앞으로
최후의 승리는 우리 것 앞으로!

자유의 노래

··· 노래 : 김룡운, 길림성 안도현 구일툰, 1956 여름

권리가 없으면 자유가 없고
자유가 없으면 생명이 없다
한 치의 곤충도 만일 밟으면
죽기 전 꼼지락 거리고
조그만 벌도 한번 다치면
반드시 쏘고서 죽는 법이다
철사주삭으로 결박한 것을
안중근의 정신으로 끊어버리고
자유로운 독립세상 세워봅시다

항일영웅 추모가

··· 노래 : 김승철, 안도현 량병향 구일툰, 1957

혁명의 세찬 불길 타오른다
의병의 생명은 불타올라
눈부신 그 빛발 휘뿌리고

붉은 피로 새 세상 당겨온다
동지들, 동지들!
안중근의 피어린 발자국 따라
총칼을 튼튼히 틀어잡자
침략자 격멸해 앞으로
최후의 승리는 우리 것 앞으로 앞으로!

안중근이 갇혔던 려순 감옥

✱ 안중근 유언가[1]

이내내 안중근이 죽거들랑
할빈공원에 묻었다가
주권이 회복되면 고국에 반장해주오
안중근은 천국에 갈지언정
나라 회복 위해 힘쓸 것이니
그대들 국민들아 나라 책임 다지고
힘을 합해 공 세우고 업을 이루라
조선 독립 희소식이 천국에 들려오면
내 춤추며 만만세 부르리라

---

[1] 안중근은 1879년 9월2일 조선 황해도 해주부 수양산 아래서 출생. 1909년 10월 26일 오
전 안중근은 할빈 역 열차에서 내린 이등박문을 브라우닝제 반자동 권총을 세 발 쏘아
죽였다. 그리고 러시아어로 "코레야 우라!"를 크게 웨쳤는 바, 그것은 '조선만세'라는 뜻
이었다. 그리고 그는 일본 제국정부에 넘겨져 려순 감옥에 투입, 1910년 2월 14일에 사
형선고를 받고 동년 3월 26일 장렬히 처형되었다. 그가 남긴 마지막 유언은 이러했다.

"내가 죽은 뒤에 나의 뼈를 할빈공원 곁에 묻어 두었다가 우리 국권이 회복되거든 고
국으로 반장해다오. 나는 천국에 가서도 또한 마땅히 우리나라의 회복을 위해 힘쓸 것
이다. 너희들은 돌아가서 동포들에게 각각 모두 나라의 책임을 지고 국민 된 의무를
다하며 마음을 같이하고 힘을 합하여 공료를 세우고 업을 이루도록 일러나오 소선독
립의 소리가 천국에 들려오면 나는 마땅히 춤추며 만세를 부를 것이다."

이 유언에서 말한 '너희들'은 곧 함께 이등박문을 사살하기로 한 우덕순과 조도선을
가리킴. 안중근의 이 유언에 근거하여 그를 찬미하고 그의 위업을 만대에 길이 전하기
위하여 후세 사람들은 입에 잘 오를 수 있게끔 노래로 만들었으니 그것이 곧 우에 적
은 <안중근 유언가>였던 것이다.

✍ 원쑤 너를 다 베이리[2]

만났도다 만났도다
원쑤 너를 만났도다
너를 한번 만나려고
로청(露淸) 량지 지날 때에
앉은 때나 섰을 때나
살피소서 살피소서
구주 여주 살피소서
너의 짝패 몇 만이냐
오늘부터 시작하여
몇 해든지 작정하고
대한 칼로 다 베이리

✍ 혁명 불길 지피자

··· 노래 : 전신숙, 안도현 송강진

백색테로 그물이
천산만야 덮었다
곳곳에서 개떼들
살판치며 날뛴다
앞에서는 총 찬 놈

---

2) 이 노래 작사자는 안중근 의사라고 전해진다. 홍범도 장군이 이끈 의병들의 청산리 승리 후 이 고장 조선인들 가운데서 널리 불렸다고 함.

길목 길목 지키고
뒤에서는 칼 찬 놈
죽자하고 쫓아도
우습구나 네놈들
혁명 불길 못 끄리
안중근님 기세로
혁명 불길 지피자

☀ 해야 해야 나오너라

… 구술 : 김성용, 롱정시 천보산진, 1978 겨울

해야 해야 나오너라
어서 어서 나오너라
물 떠먹고 장구치며
어서 어서 나와 놀자
우리 함께 나와 놀자
해야 해야 나오너라
어서 어서 나오너라
이등박문 뒈졌단다
이 기쁨을 나누면서
우리 함께 슬겨 놀자

봄나물을 캐여다

… 구술 : 채만규, 안도현 송강진, 1983

이른 봄에 돋은 나물
냉이 나물 함뿍 캐다
아버님 밥상에 놓잔다

향기롭게 돋은 나물
드릅나물 가득 캐다
어머님 밥상에 놓잔다

산에 들에 돋은 나물
가득 가득 정히 캐여
안 의사의 제상에 놓잔다

이등박문 뒈져 버렸네

… 구술 : 김승철, 흑룡강성, 1981

일 일본 놈 우두머리
이 이등박문이가
삼 삼천리강산 다 먹고
사 살 살 기여다니며
오 오찬거리 찾다가
륙 륙철포에 얻어 맞아

칠 치를 발발 떨면서
팔 팔락팔락 개 목숨
구 구급마저 못 받은 채
십 십자거리 할빈서 뒈져 버렸네

✹ 의병 대접 잘해야

… 구술 : 채만규, 길림성 안도현 송강진

산 넘어 손님 왔다
고기 잡고 찰밥 해라
안중근 단지 동맹
의병들이 왔으니
정성 다해 대접해라

동무 동무 동무들아
감주 걸고 떡을 쳐라
안중근 단지 동맹
의병들이 있기에
나라 찾고 잘 산단다

🌑 소년행진곡

··· 구술 : 전남석

우리들은 대한의 일군이라네
점점 자라 두 팔뚝에 힘이 날 때면
두 팔 걷고 이 나라를 건져내야 할
우리들의 대한의 기둥이라네

우리 앞엔 무서운 것 하나도 없네
우리 앞을 막을 자도 하나 없나니
안중근님 그 정신을 본받아서
일제강도 잡고 몰아 나라 구하세

🌑 응원가[3]

··· 구술 : 전남석, 1963.1

무쇠골격 돌근육 소년남아야
안중근의 대한 혼 발휘하여라
다 달았네 다 달았네
소년의 활동시대 다 달았네

무쇠골격 돌근육 소년남아야

---

3) 중국 연변(간도) 한인 사립학교 운동대회 때마다 부르던 노래임.

안중근의 대한 혼 발휘하여라
다 달았네 다 달았네
구국영웅 대사가 우리 목적 아닌가

천보산 소리

··· 구술 : 리항백, 길림성 룡정시 천보산

산이 높아서 천보산인가
보물이 많아서 천보산일세
총칼을 들고서 들어온 놈들
좋아서 낮도깨비 춤만 추건만
우리네 배에선 물장구 소리만 난다
여봐라 동무들 말 들어라
일제 괴수 까부신 안중근 정신으로
나도 나도 일떠나 침략자 까부시자
오직 이것만이 살 길이란다

거사가 4)

장부가 세상에 칭하노라 그 뜻이 크도다
때가 영웅을 만들고 영웅이 또한 때를 만드노라

---

4) 이는 애국의병장 안중근이 자신의 비장한 결의를 읊조린 노래이다.

천하를 응시하노니 어느 때에 대업을 이룰손가
동풍이 점점 차가와 지는데 장사의 의기 끓도다
분개하여 사납게 나가노니 목적 또한 반드시 이루리라
주도적 이등이여 어찌 이 한 목숨 아낄손가
어찌 알았으리오 사세가 이렇게도 고연할 줄을
동포여 속히 대업을 이룰지어다
만세 만세 대한독립이로다
만세 만만세 대한동포로다

☀ 안사람 의병노래

··· 구술 : 안응철, 길림성 안도현 덕화촌, 1960.8

아무리 왜놈들이 포악하고 강대한들
우리도 뭉쳐지면 왜놈 잡기 쉬울세라
아무리 녀자인들 나라 사랑 모를소냐
남녀가 유별한들 나라 없이 소용있나

의병하려 나가보세 의병대를 도와주세
금수에게 붙잡힌들 왜놈 학정 받을소냐
안중근 정신으로 범도 장군 뒤따르면
우리 대한 만세로다 안사람들 만만세라

의로운 안중근 본받아

··· 구술 : 전남석, 길림성 안도현 송강진, 1981

반일의 기발 메고 일떠나자
온 민족 로력자 일떠나자
번쩍거리는 총창 어깨에 메고
끓는 피 흘리며 나가 싸우자
웨치는 구호는 반일구국
굳세인 단결로 싸워 나가자
의로운 안중근 본받아
한몸은 죽어도 구국을 위해
목숨 바치고 힘껏 싸우자
시각을 아껴서 싸움 싸우자
자유의 대한제국 다시 세우자

안중근 의사 우리 앞길 비추어 준다

··· 구술 : 전남석, 1981

우리는 청춘 대한의 청춘
싸움터 가시밭길 헤쳐나가자
벼랑길이 우리 앞길 막아낼소냐
청춘들아 용감히 앞으로
안중근 의사 우리 앞길 비추어 준다

우리는 청춘 대한의 청춘
승리의 앞길을 헤쳐나가자
왜놈무리 우리 앞길 막아낼소냐
청춘들아 나라 찾아 힘써 싸우자
안중근 의사 우리 앞길 비추어 준다.

● 전우야

··· 구술 : 전남석

풀잎 벼개 우에 이마 맞대고
서로 저 너머로 혼을 달래며
전승을 꾀하던 벗님네야
때마침 봉화다 말을 달려라
안중근 그 정신 본받아
한몸 한뜻으로 왜적을 치자

의로운 칼 아래 헐벗은 이들
누구라 뒤지랴 떨어를지랴
우리는 대한군 벗님네야
채찍을 치여라 말을 달리자
안중근 그 정신 본받아
한몸 한뜻으로 왜적을 치자

기분 난 소식
… 구술 : 안응철, 안도현 송강진 송화촌

엄마 아빠 들어봤소
기분 난 소식
항일군 토벌대
왜놈 군 토벌대
백두산에 들어갔다
쫄딱 홀딱 망했대요

엄마 아빠 들어봤소
기분 난 소식
항일군 토벌대
왜놈 군 괴수 놈
이등박문 뒤따라
천당으로 올랐대요

안 지사가 쏘았지
… 구술 : 리창직, 안도현 석문구 경성촌, 1967

어데까지 갔노
조선까지 왔지
어데까지 갔노
만주까지 왔지

어데까지 갔노
할빈까지 왔지
어찌어찌 됐나
땅땅땅 셋5)방에
황천객이 되었지
누가 누가 쏘았나
안 지사가 쏘았지
뒈진 놈은 이등박문
쏜 의사는 안중근

● **북망산이 웬말이냐** _ 이등박문의 넋두리
　… 구술 : 김룡수, 중국 흑룡강성 오상현, 1961 겨울

간다 간다 나는 간다
북망산에 나는 간다

북망산이 멀다더니
예가 바로 북망일라

조선 먹고 중국 먹고
온 세상을 먹자터니

---

5) 연변지역에서도 '세방'으로 표기하고 있지만, 수집 당시 제보자의 발음을 그대로 옮겨 적
　어서 '셋방'으로 함.

할빈 역서 철탄 맞아
부귀영화 간 곳 없네

아이고고 나는 가오
북망산이 웬말이냐

✿ 중근 정신 가진다면

… 구술 : 김학범, 화룡시, 1961.8

바람 바람 불지마라
슬금살짝 불어도
우리 눈엔 눈물 난다

창가 창가 하지마라
망향가만 불러도
우리 눈엔 눈물 난다

사담 사담 하지마라
고향 말만 하여도
우리 눈엔 눈물 난다

중근 정신 그 정신에
일제무리 멸한다면
우리나라 못 찾으랴

✸ 아이고나 쌍통맹통

… 구술 : 박주일, 길림성 돈화시, 1970

정월엔 정치고

이월엔 이질 앓고

삼월엔 삼눈 앓고

사월엔 사지 앓고

오월엔 오륙 앓고

유월엔 육실하고

칠월엔 치질 앓고

팔월엔 팔을 앓고

구월엔 구토하고

시월엔 시들어라

빌고 빌고 빌었더니

아이고나 쌍통맹통

찍소리도 못한 채

돼지처럼 뒤져였네

이등박문 뒤여졌다네

🐾 도념 안중근(悼念安重根)[6]

… 구술 : 黃秉憲, 흑룡강성 목단강시

眞可敬安重根

안중근은 참으로 존경스러운 분

手刺伊藤殺身成仁

이등박문 죽이고 살신성인 이룩하여

心頭大解亡國恨

마음속의 망국의 원한 풀어버리니

世界人莫不欽佩

세상사람 너나 없이 흠모하누나

忠義魂留名青史千古不朽

충의의 혼 그 이름 청사에 길이 남아 빛날 것이니

誰肯接踵步後坐? 步後坐?

이제 누가 대를 이어갈 것인가? 대를 이어갈 것인가?

---

6) 20세기 초, 동북의 한족을 비롯하여 여러 민족 인민들이 안중근의사를 추모해 부르던
   노래라고 함.

🖤 3 · 1 소년가

··· 구술 : 신청송, 길림성 안도현 명월진, 3월

동 터오는 새벽 대한의 어린 동무들
일어나 가지런히 3 · 1노래 더 크게 부르며 나아가자
다달는[7] 새 대한 마중을 가면서
하나 둘 발맞추는 그 소리에
사람 가슴 피도 뜨겁게 뛰놀며
산의 비 소리도 힘 솟는다

원쑤들은 악을 부리며 피를 빨아가네
받들어 어린 우리 못 배우고 물러가는 것 웃고 본다
걸어라 이끌어라 어른들 따라서
잠든 동무 이끌어서 같이 가자
안중근의 용기와 지혜로
일제 놈들 박산 내가자

---

7) '다다르는'의 연변식 표현. '다달았다'는 '다다랐다'의 잘못된 표기인 것으로 알려지고
있으나, 연변지역에서는 관습적으로 이런 어휘를 자주 사용함.

🎵 안중근 노래

… 구술 : 전남석, 길림성 안도현 송강진

륭희(隆熙)삼 년 시월 달 이십륙 일에
할빈 역에 우뚝 솟은 용사 안중근
한번 번쩍 우랑반기우탕 총소리
넓고 넓은 만주천지 울려왔도다

나라 위해 공을 이룬 안중근은
왜놈의 못된 손에 잡혀 갔도다
그 소식을 들으신 어머니 하신 말씀
우리나라 민족이면 당연지사로다
죽으면서 영웅 안중근 유언하기를
왜놈들께 이 내 몸은 죽어를 가오
우리나라 또한 다시 독립되거든
이 내 령혼 금수강산에 데려다주소

🎵 반일 대중가

… 구술 : 김승철, 길림성 안도현 보광촌, 1958.6

싸워야만 살 수 있다는 고함소리에
금수강산 삼천리는 들끓어치고
여기저기 일어나는 반일대중은
일제히 손을 들어 부르짖노라

삼천리와 삼천만의 우리 민족은
자유락토 강산초목 내 것 못 되여
경신년 추팔월 이십구일은
강산의 초목까지 눈물지은 날

무궁화와 태극기는 간 곳이 없어도
만국회에 배를 갈라 피를 던지고
할빈 역에 복수소리 요란했거늘
전 민족 단결해 원쑤를 치자

☀ 여우와 민족영웅

··· 구술 : 리숙자, 길림성 안도현 명월진

여우야 여우야
여우는 누구냐
여우도 사람 여우
길다라나 수염쟁
늙다리 왜여우
간사한 왜여우
옳다 그래 그 여우
침략 괴수 이등박문!

안중근 안중근
안중근 누구냐

늙다리 여우놈
할빈 역에 만나서
땅땅땅 죽이고
배 우에 높이 올라
만세 삼창 외치신
민족영웅 안중근!

☞ 안 지사의 유지를 이어

··· 구술 : 김창호, 길림성 안도현 송강진, 1981

동 터오는 새 나라의 일군들아
총칼을 추켜잡고 일제 치려 나가자
걸머멘 사명 중하거늘
피 끓는 가슴 안고 판가리 싸움터로
피 끓는 가슴 안고 판가리 싸움터로

모든 곤난 박차고 동무들아
구국의 앞날은 우리들을 재촉한다
걸머멘 사명 중하거늘
피 끓는 가슴 안고 판가리 싸움터로
피 끓는 가슴 안고 판가리 싸움터로

안 지사의 드높은 유지를 이어
대한제국 찾아오자 우리의 손으로

걸머멘 사명 중하거늘

피 끓는 가슴 안고 판가리 싸움터로

피 끓는 가슴 안고 판가리 싸움터로

✻ 밤낮으로 울었다오

··· 구술 : 황민기, 흑룡강성 오상현

어이 어이 어이 어이

어이 어이 어이 어이

이등박문 철탄 맞아

죽은 소식 너무 슬퍼

어이 어이 어이 어이

밤낮으로 울었다오

천황페하 어이 어이

밤낮으로 울었다오

어이 어이 어이 어이

어이 어이 어이 어이

어이 어이 어이 어이

이등박문 죽은 소식

너무 너무 겁이 나서

천황페하 어이 어이

밤낮으로 울었다오

안중근이 겁이 나서

밤낮으로 울었다오
어이 어이 어이 어이

✿ 안중근 송가
··· 구술 : 전남석

천추와 만대로 류전할 의사
자기가 자란 곳은 황해도인데
삼천리 강토를 한품에 안고서
조선의 부끄럼을 씻으리로다

이등박문 네놈은 멀지 않아
내 손에 끝장을 보지 않곤 못 살리로다
첩첩산중 북극곰과 섬 속 늙은 늑대가
서로 만나 살찐 암탉 먹자 드누나

우리가 예산턴 안중근 선배님
고기 낚을 때가 왔다누나
할빈 정거장 기차에서 내릴 때
원쑤의 이등박문 틀림없고나

어느덧 총소리 땅땅땅 나더니
산과 같이 모인 사람 퍼뜨리고서
코리아 우라8)를 웨치는 소리에
동서양에 화제문이 활짝 펴졌네

☀ 혁명 동원 5진가

··· 구술 : 리창직, 길림성 안도현 경성촌, 1963.1

하나이라면
한결같이 설음받는 우리 민족아 우리 민족아
무쇠같이 굳게 뭉쳐 나가 싸우자 나가 싸우자

둘이라면
뒤에 일은 생각 말고 앞을 향하여 앞을 향하여
헐벗음과 배고픔을 면하여 보자 면하여 보자

셋이라면
서서 울고 앉아 우는 백의동포야 백의동포야
서서 앉아 울지 말고 나가 싸우자 나가 싸우자

넷이라면
넓고 넓은 대지 우에 안락을 찾아 안락을 찾아
총을 메고 칼을 잡고 나가 싸우자 나가 싸우자

다섯이라면
다시 죽여 설음 못 풀 왜놈 무리들 왜놈 무리들
안중근의 기세로 멸해 버리자 멸해 버리자

---

8) '만세'를 뜻하는 러시아어.

✺ 협사가[9]

… 구술 : 김승철, 흑룡강성, 1981 겨울

천추와 만대로 류전한 안 의사
자기의 자란 곳은 황해로다

삼천리 강토를 한품에 안고서
조선의 부끄럼을 씻으리라

우리의 친구된 유덕순 작별에
렬사가를 부르면서 뛰여놀 때라

할빈 정거장 기차에 내릴 때
평생의 소원을 이룰 때라

우리의 선배인 안중근 선생님
원쑤인 이등박문을 만났을 때

만첩산중 늙은 범 살진 개를 만나고
주림중 늙은 삵이 암탉을 만났도다

어느덧 총소리 꽝꽝 나더니
산과 같이 모인 사람 헤여진다

---

9) 지난 세기 초 조선민족 대중들이 안중근(1909년 10월26일, 의병참모중장)이 조선 침략 두목 이등박문을 할빈 역에서 쏘아죽인 장거를 추모하여 부르던 노래라고 함.

대한민국 만세라 부르는 소리에
동서양이 환하게 울려 퍼진다.

✿ 민족해방가

··· 구술 : 송명환, 길림성 안도현 명월진, 2008.3.2

싸우자 로동자 한데 뭉치자
안중근의 정신으로
기쁘고 즐겁게 살길을 찾자
일제를 깡그리 소멸하고
우리의 손으로 대한을 일떠 세우자

싸우자 독립군 한데 뭉치자
안중근의 정신으로
기쁘고 즐겁게 살길을 찾자
일제를 깡그리 소멸하고
우리의 손으로 대한을 일떠 세우자

싸워라 학생들 한데 뭉치자
안중근의 정신으로
기쁘고 즐겁게 살길을 찾자
일제를 깡그리 소멸하고
우리의 손으로 대한을 일떠 세우자
싸워라 전 민족 한데 뭉쳐라

안중근의 정신으로
기쁘고 즐겁게 살길을 찾자
일제를 깡그리 소멸하고
우리의 손으로 대한을 일떠 세우자

✹ 간도의 용사들아 피 흘려 싸워라

··· 구술 : 김창호, 길림성 안도현 송강진

떠나면 최후 길이다
일제 놈의 강제에
태평양 전쟁판에
우리들은 실렸다
철창에 갇힌 몸이
자유 없이 모여서
일제의 보초막 안에
운송되었네

떠나면 남양군도다
언제 다시 오려나
강제에 억딜되여
남모르는 울음에
부모처자 다 버리고
물결치는 바다로
달린다 정처 없는

군함 속으로

간도의 용사들아
대한의 용사들아
부디부디 잘 있거라
안중근의 정신으로
범도 장군 따라서
피 흘려 싸워라
대한의 무궁화
우리 손에 올 때까지

수시로 로인들을 찾아 독보(讀報)를 해드리면서 자료를 수집

✿ 안중근께 올리세

··· 구술 : 최신명 · 박정숙, 안도현 령병향 구일툰, 1957 여름

이산 저산 넘나물에
활을 닮아 활나물에
마당가의 답싸리
길옆의 길짱구
논도랑의 미나리
헌데 난데 더덩구
오불꼬불 쇠고비
네 귀 번쩍 쇠니뿔
이등박문 딱살한
안중근께 올리세
푸르싱싱 햇나물
알뜰 살뜰 손질해
제상에다 올리세

잡아 뜯어 꽃다지
쏙쏙 뽑아 나싱개
주벅주벅 국수뎅이
바귀바귀 씀바귀
쪼갈쪼갈 박쪼갈
이개 저개 지칭개
조용조용 말렝이
한푼두푼 돈나물

이등박문 딱살한
안중근께 올리세
푸르싱싱 햇나물
알뜰살뜰 손질해
제상에다 올리세

더벅더벅 등취나물
이들이들 삽주나물
오불고불 고비나물
옹실봉실 고사리
맛도 좋아 우정금
맡아보니 미타리나물
돌아보니 도라지나물
싱그러워 더덕나물
이등박문 딱살한
안중근께 올리세
푸르싱싱 햇나물
알뜰살뜰 손질해
제상에다 올리세

감수 _ 김균태

서울대학교 대학원 국어국문학과(문학박사)
(현) 한남대학교 명예교수

대표 저서
『우즈베키스탄 고려인의 이주와 삶』(공저),『이옥의 문학이론과 작품세계 연구』,『구비문학대계(전남 화순 편)』(공저),『구비문학대계(전남 장성 편)』(공저),『부여지방의 구비설화(상·하)』(공저),『부여효열지』

엮은이 _ 리룡득

1940년 중국 길림성 안도현 량병향 보광촌에서 출생.
1954년부터 문학창작활동 시작하여 국내외에 2,000여 편의 작품 발표.
연변대학 문화예술통신학부 졸업.
중국소수민족작가협회 회원, 중국민간문예가협회 회원, 중국민속학회 회원,
중국명인협회 회원, 연변민간문예가협회 고문.
"중국개혁개방문예종신성과성", "건국60주년중국작가문학종신성과상", "진달래문예상" 등 수상.

대표 저서
『금돌이네 이야기』,『불로초』,『장백산전설집』,『조선족구전민요집』,『조선족구전동요집』,『조선족거주지역 지명전설집』,『조선족아동민속놀이』,『두만강에 깃든 전설』 등

민족영웅의 설화와 민요
홍범도 장군과 안중근 의사

초판 1쇄 인쇄 2016년 5월 25일
초판 1쇄 발행 2016년 6월 1일

감 수 김균태   **엮은이** 리룡득
펴낸이 이대현   **편 집** 오정대   **디자인** 이홍주
펴낸곳 도서출판 역락 | **등록** 303-2002-000014호(등록일 1999년 4월 19일)
주소 서울시 서초구 동광로46길 6-6(반포4동 577-25) 문창빌딩 2층(우137-807)
전화 02-3409-2058(영업부), 2060(편집부) | **팩시밀리** 02-3409-2059
이메일 youkrack@hanmail.net
역락블로그 http://blog.naver.com/youkrack3888

ISBN 979-11-5686-299-4 03810

정 가 18,000원

이 도서의 국립중앙도서관 출판시도서목록(CIP)은 서지정보유통지원시스템 홈페이지(http://seoji.nl.go.kr)와 국
가자료공동목록시스템(http://www.nl.go.kr/kolisnet)에서 이용하실 수 있습니다.(CIP제어번호 : CIP2016012981)